中国古典诗词
名家菁华赏析丛书

诗经名篇赏析

水渭松 编著

商务印书馆国际有限公司
中国·北京

图书在版编目(CIP)数据

诗经名篇赏析 / 水渭松编著. -- 北京：商务印书馆国际有限公司，2021.2

(中国古典诗词名家菁华赏析丛书)

ISBN 978-7-5176-0792-2

Ⅰ.①诗… Ⅱ.①水… Ⅲ.①《诗经》-诗歌欣赏 Ⅳ.①I207.222

中国版本图书馆 CIP 数据核字(2020)第 245496 号

SHIJING MINGPIAN SHANGXI

诗经名篇赏析

编　　著	水渭松
出版发行	商务印书馆国际有限公司
地　　址	北京市朝阳区吉庆里 14 号楼 佳汇国际中心 A 座 12 层
邮　　编	100020
电　　话	010-65592876(编校部) 010-65598498(市场营销部)
网　　址	www.cpi1993.com
印　　刷	三河市紫恒印装有限公司
开　　本	710mm×1000mm　1/16
字　　数	253 千字
印　　张	15.5
版　　次	2021 年 2 月第 1 版第 1 次印刷
书　　号	ISBN 978-7-5176-0792-2
定　　价	39.80 元

版权所有・违者必究

如有印装质量问题，请与我公司联系调换。

前　言

水渭松

　　本文阐述了《诗经》的梗概和笔者编写本书的一些心得体会,以供读者参考指正。

　　首先,阐述《诗经》的梗概。

　　一、它是我国最早的诗歌总集,所收诗篇的时间,开始于商朝晚期,止于周之春秋中叶,长达五百多年,而大多数为周诗。

　　二、名称的演变。最早称为《诗》,因其所编集之诗篇是三百余篇,故亦称之为《诗三百》。它正式被定名为《诗经》,是在汉朝。汉武帝时,独尊儒术,罢黜百家,官方确认它为"经",称之为《诗经》,成为儒家的经典。这样一来,它就成为教化的工具,经生们对它做牵强附会的解释。所谓怨而不怒,温柔敦厚,"诗教"也。所以,我们今天阅读,必须澄清并发掘其创作本意,这是解读的一个根本原则。

　　三、《诗经》诗篇所产生的地域。它遍及中原和江汉流域。

　　四、编集者。很可能是周王室和各诸侯国的乐师,因为这是他们的本职工作。最后,由周王室的乐师集中统一后颁布到各地。另外,天子周围的公卿、列士写诗呈上,以作讽谏,或歌功颂德。当时周王室和各诸侯国的太师、乐工，为其配乐和演唱。所以，它既是乐官们所编写的教材，又是自用的节目单和乐歌的底本。

五、名为《诗》而实际上是乐曲的总集。它供歌唱、演奏和舞蹈。固然，它也可以吟诵，但不是主要的。

六、分类。分为风、雅、颂三类。

风，即音乐曲调。有160篇。其中民歌占多数，约100篇，所谓"饥者歌其食，劳者歌其事"，在思想内容上和艺术上都是成就较高的，是三百篇中的精华所在。风诗分为十五国风，即以各地的地方曲调演唱表演。周南、召南：两个地域的名称，其地域主要在江汉流域。西周时期在江汉流域有许多小诸侯国，当时称之为"南国"，它们的地方乐歌称"南音"，或简称"南"。两者具体怎样区分，则不清楚，或许与周公、召公辅政，分陕（河南陕县）而治有关。邶风、鄘风、卫风：邶国、鄘国、卫国都在今河南。武王克商后，分其畿内为三国。朝歌（淇县）以北为邶国，其弟霍叔居之；南为鄘国，其弟蔡叔居之；东为卫，则封武庚。武庚叛后，周公尽以其地封弟康叔，都朝歌，称卫国。所以春秋时人便把三风都视为卫风。王风：东周京都洛阳之土乐。郑风：今河南中部的乐歌。齐风：今山东中部到东北部的乐歌。魏风：山西西南部的乐歌。唐风：山西东部的乐歌。秦风：甘肃天水和陕西南部部分地区的乐歌。陈风：河南东南及安徽北部的乐歌。桧风：河南中部的乐歌。豳风：陕西旬邑和彬县一带的乐歌。

雅，即西周镐京京畿地区曲调（王畿之土风）。因在中原华夏，"雅"即"夏"，故称。大雅31篇，小雅74篇（另有6首为有曲无词的笙诗）。为什么分大小雅？历来众说纷纭，莫衷一是。相比之下，着眼于音乐上的考虑，看出这里面反映出一个发展变化的过程，较为在理。即本来只有一种雅乐，无所谓大小，后来随着时代的发展、乐器的进步、土风的影响、音乐水平的提高、乐曲用途的扩大，产生了新的雅乐，于是把原来的称为大雅，新生的称为小雅。分大小雅，主要是曲调上的差异。雅乐的发展变化，大致与周朝的由盛转衰相一致，所以从年代上看，大雅早于小雅。从内容上看，大雅多半说祖宗，小雅多半说人事，即大雅多半是祭祀诗，也有宴饮怨刺诗；而小雅多半是怨刺诗，发身世之感，也有颂美宴饮诗。从风格上看，大雅古奥典雅，所谓纯正，不生动，小雅多情真意切的抒情，故说它近于风诗。从作者看，大雅大多是上层人物，而小雅有上层也有下层的。

颂,指容貌,舞姿的仪容,其内容和用途为赞美形容盛德,以其成功告于神明。古代祭祀,不仅要有歌颂功德的诗,而且也有娱神的舞;既有载歌载舞的场面,也有有歌有舞或只歌不舞的时候。颂诗有40篇:鲁颂4篇,商颂(实际上是宋颂)5篇,周颂31篇。

七、诗歌的表现手法。分为赋、比、兴三种。

赋,事情的本末原委是怎样的,就直截了当地把它叙述出来。

比,两个事物之间存在着某种相似点,所以可以借那个事物来比衬这个事物。

兴,提供一个意象,从而对正意进行表达,起到烘托、象征、渲染、比喻等作用。两者的关联不那么明确切近,比较虚淡疏远。从审美的角度看,因两者之间留下很大的空白,读者可以根据自己的审美经验去自行填补,故意味深长,耐人咀嚼,可谓是一种艺术再创造。当然,三者各有所长,相组合方为全面的表现体系。

其次,说说自己编写本书的一些心得体会。

编写题解,尤其是赏析,广收并蓄古今多家之论述,而对于当今名家之见,则多所取益。少数学者颇为在理之论析,亦尽可能吸取。虽然如此,但有碍于见闻,缺失毕竟甚多,只好待来日弥补。需要做一说明的是,由于每首诗歌其篇名大多取自句首之词,且不明其具体的创作时间,故对此两者,仅在此做一概述,不再在每篇中赘述。

自己在撰写时,注意发掘其创作本意。凡以为能言之成理,论之有据者,亦冒昧陈述,供专家学者和读者指正。如释《汉广》之为何言"乔木不可居";《狡童》之"同居"观念,当依照其历史真实;《葛生》所言之"亡",非为死亡意;秦风《黄鸟》之"赎",本意为抵押,而非替代;如此等等,或可有益于读者之参考。

本书是《中国古典诗词名家菁华赏析丛书》(第二辑)中的一本。书中论析之文字,虽尽量斟酌,使文意明晰通畅,然未必全能顺意,敬请批评指正。

目 录

风

3　关雎—关关雎鸠
6　卷耳—采采卷耳
9　桃夭—桃之夭夭
12　芣苢—采采芣苢
14　汉广—南有乔木
17　汝坟—遵彼汝坟
20　鹊巢—维鹊有巢
23　甘棠—蔽芾甘棠
26　摽有梅—摽有梅
29　野有死麕—野有死麕
32　柏舟—泛彼柏舟
36　燕燕—燕燕于飞
39　凯风—凯风自南
42　谷风—习习谷风
46　简兮—简兮简兮
49　北门—出自北门
52　静女—静女其姝
54　新台—新台有泚

56　柏舟—泛彼柏舟

58　墙有茨—墙有茨

60　相鼠—相鼠有皮

63　载驰—载驰载驱

66　硕人—硕人其颀

70　氓—氓之蚩蚩

74　伯兮—伯兮朅兮

77　木瓜—投我以木瓜

80　黍离—彼黍离离

83　君子于役—君子于役

86　兔爰—有兔爰爰

89　采葛—彼采葛兮

92　将仲子—将仲子兮

95　大叔于田—叔于田

98　遵大路—遵大路兮

100　女曰鸡鸣—女曰："鸡鸣。"

102　山有扶苏—山有扶苏

105　狡童—彼狡童兮

108　褰裳—子惠思我

111　风雨—风雨凄凄

113　子衿—青青子衿

116　出其东门—出其东门

119　野有蔓草—野有蔓草

123　溱洧—溱与洧

126　南山—南山崔崔

129　陟岵—陟彼岵兮

132　伐檀—坎坎伐檀兮

134　硕鼠—硕鼠硕鼠

137　山有枢—山有枢

139 鸨羽—肃肃鸨羽

142 葛生—葛生蒙楚

145 蒹葭—蒹葭苍苍

148 黄鸟—交交黄鸟

151 无衣—岂曰无衣

154 东门之池—东门之池

157 防有鹊巢—防有鹊巢

160 月出—月出皎兮

163 株林—胡为乎株林

166 隰有苌楚—隰有苌楚

169 鸤鸠—鸤鸠在桑

172 七月—七月流火

177 鸱鸮—鸱鸮鸱鸮

180 东山—我徂东山

184 伐柯—伐柯如何

雅

189 常棣—常棣之华

192 伐木—伐木丁丁

195 采薇—采薇采薇

199 鹤鸣—鹤鸣于九皋

201 斯干—秩秩斯干

205 无羊—谁谓尔无羊

208 正月—正月繁霜

213 巷伯—萋兮斐兮

216 大东—有饛簋飧

220 北山—陟彼北山

223 宾之初筵—宾之初筵

227 绵—绵绵瓜瓞
231 生民—厥初生民

颂

237 丰年—丰年多黍多稌

关 雎

关关雎鸠①，在河之洲。窈窕淑女②，君子好逑③。
参差荇菜④，左右流之。窈窕淑女，寤寐求之⑤。
求之不得，寤寐思服⑥。悠哉悠哉⑦，辗转反侧⑧。
参差荇菜，左右采之。窈窕淑女，琴瑟友之⑨。
参差荇菜，左右芼之⑩。窈窕淑女，钟鼓乐之。

注 释

①雎(jū)鸠：水鸟名，俗称鱼鹰，以食鱼为生。相传雌雄水鸟有固定的配偶。
②窈窕(yǎotiǎo)：姿容美好的样子。淑女：善良的女子。窈窕淑女：指外表与内在都完美的女子。
③好逑(qiú)：好配偶。
④参差(cēncī)：长短不齐的样子。荇(xìng)菜：多年生水生草本植物，嫩时其茎可食。
⑤寤寐(wùmèi)：寤，醒着；寐，睡着。
⑥思服：思念。
⑦悠：长久，指夜晚长久难挨。
⑧辗转反侧：谓在床上翻来覆去不能安睡。
⑨友：亲近。
⑩芼(mào)：采摘。

题　解

这是《诗经》的首篇,是一首庆贺新婚的诗歌。写一位君子追求一名心仪的淑女,经历了一番曲折之后,终于喜结良缘,举行婚庆。行文每句四字,称为四言诗,是《诗经》的基本格式,是我国诗歌发展初期的基本体例。

赏　析

此诗以托物起兴开篇,描写一对雎鸠在河中的小洲上和鸣。先描摹其和悦之声,述其名称,交代其所在。仅两句八字,即以三个层次,展现了一种优美的情景。然后导入正意:君子与淑女乃是美好的配偶。两者之间隐含着内容上的关联,过渡得自然而贴切。我们由此例可见,起兴不仅可以拓展诗歌的表意空间,而且使正意在表达上曲折生动,富于韵味,从而避免了直截了当,平铺直叙而淡乎寡味。

从第二章开始,至三、四章的开头,都以荇菜起兴,其所表达的完整意思是:荇菜在水中或左或右自在地漂动着,于是顺流而去采摘它、拔取它。其内容分三章,以三个层次表达,这使表达达到顿挫有致、从容舒缓的效果。诗文意在说明,欲享食它,必须动手去获取。其所隐喻的意思是:淑女固美,要想得到她,亦必付出努力。第二章不同于三、四章,共有八句,说明是内容所侧重,这与诗人要充分表达君子对淑女的苦苦追求相一致。君子既认定对方是佳偶,人生难遇,故虽一开始求之而不得,却不心灰意冷,移情别恋,而是不改初衷,孜孜以求,以致醒着和睡梦中都在思索着。诗人在此所要着力表现的,是此君子具有非同一般的见识与意志,此正是其精神的闪光点。那么,他究竟在思索什么呢?此决非泛泛而言,而是有着特定的内容,我们阅读下文,自可找到答案。此处可谓不言而胜于言,我们由此可以领略到诗人高明的用词达意的技巧。

第三章,"琴瑟友之",说是用弹琴奏瑟的方法去亲近她。这就向我们揭示了,他所思索的是用什么方法能去亲近她,从而扭转逆境。"琴瑟友之",这就是他思索之所得。以琴瑟传情,让自己之心意通过一个个音符传达到姑娘的心扉,以求她闻音而达情。我们由下文可知,此方法也果然奏效,可谓皇天不负苦心人。故此四字十分重要,它预示着恋情在进展中,并有希望出现转折。此意虽不诉诸笔墨,而其意正在其中。我们从中可以体会到诗歌语言的特色和精彩。有了这一过渡,于是第四章就可一下跳跃到描写君子与淑女的喜结良缘的情节,而不显得突兀。

第四章,写婚庆场面,其手法尤可使人赞叹。隆重的婚庆场面,其可写之处、可写之事,头绪纷繁,写不胜写,然而诗人仅用"钟鼓乐之"四字写尽。我们看,诗人还是从君子的角度来写:结婚的仪式欢快热烈,以使新娘心欢意惬。《诗经》的篇章,在当时都是词、歌、舞三位一体的乐曲。孔子当时听到《关雎》末章(称"乱")的表现时,情不自禁地赞叹"《关雎》之乱,洋洋乎盈耳哉"(《论语·泰伯》)。洋洋,形容声音响亮。盈耳,即满耳。据此,我们可想见其情。可注意的是,此处仅举"钟鼓"一事,这就声乐而言,也只是一个角度而已,而实际上呢,它却展现了隆重的婚庆仪式的整个场面,即众乐合奏,歌声激昂,婚庆达到了高潮。使人如闻其声,如见其情,而身心融入其中。诗歌语言的精练与其神奇的表现效果,我们于此可见一斑。

一首庆贺新婚的诗歌,诗人不是单从赞美祝颂这一角度和层面去写,而是描写从恋爱到结婚的过程,曲折起伏。忧伤终于酿成甜蜜,幸福来之不易,所以倍可庆贺与珍惜。这与单纯从赞美祝颂这一角度和层面去写,其高下自不难明白。

《关雎》是《诗经》的名篇,古往今来,深受人们的喜爱,广为传诵,这不是它处于《诗经》首篇的位置使然,而是与它所具有的高尚的思想内容和卓异的艺术表现技巧密切相关。

卷 耳

采采卷耳①，不盈顷筐②。嗟我怀人，置彼周行③。
陟彼崔嵬④，我马虺隤⑤。我姑酌彼金罍⑥，维以不永怀。
陟彼高冈，我马玄黄⑦。我姑酌彼兕觥⑧，维以不永伤。
陟彼砠矣⑨，我马瘏矣⑩，我仆痡矣⑪，云何吁矣⑫！

注 释

①采采：不停地采摘。卷耳：一种菊科植物，古时用作食物。
②顷筐：一种形似畚箕的竹筐。
③周行(háng)：大道。
④陟(zhì)：登。崔嵬：高峻之山。
⑤虺隤(huītuí)：因疲乏而病。
⑥金罍(léi)：青铜制的饮酒器。
⑦玄黄：指马因病而变色。
⑧兕觥(sìgōng)：兕牛角制成的饮酒器。
⑨砠(jū)：被土覆盖的石山。
⑩瘏(tú)：病。指因过度疲劳致病。
⑪痡(pū)：病。指因过度疲劳致病。
⑫云：语助词。吁(xū)：忧伤。

题　解

这是一首抒情诗,描写丈夫出行在外,夫妇间因深切怀念而致极度忧伤之情。在《诗经》产生的年代,因各种社会原因,男人外出,家人间的离别,乃是常有的事,此类题材的诗歌当不在少数,故本诗具有普遍的社会价值。

赏　析

本诗首章从女主人起笔,开头两句写其在郊外采摘卷耳草,带的虽然是浅浅的竹筐,却不能采满。这设下了疑点,令人不可理解。起承的第三句就托出答案:原来她根本心不在焉,懒于动手,她的心思全在那个人身上,那个人即她出行在外的丈夫。异地久隔,无法相会厮守,她落得孤身独处,寂寞冷清,时日难熬,故唯有伤心嗟叹而已。可见由设疑到揭示,生此一层曲折,从抒情方面来说,能充分表现出怀念之情的深切。而从写作角度来说,就使得行文生动多趣。接着,第四句做进一步叙述,说她竟然不再采了,走到大路上,放下了竹筐,就此结句。她为什么有如此举动呢?诗人不做说明,留下空缺,想读者自会明白:她是到大路上去守望丈夫的归来。即使一次次地失望,也可赖以寄托思念的心愿。这也实在可悲又可怜了!写到此,此妇人对丈夫思念的深切,可谓曲尽其意了。

从第二章开始,到第四章结束,都写男主人公,并且都从男主人公的角度来写。你看,他骑着马攀登山冈,累得马也困疲致病。在此可注意的是,第二章第二句一开头就点明"我",毫无疑问,这"我"是男主人公之自我。而首章女主人公已经用"我"这第一人称指代自我,这里怎么男主人公又用"我"这第一人称指代自我呢?一首诗也好,一篇文章也好,通常都是从某一主人公的角度出发来写,人称上是不可混淆的。这里男女主人公却各自言"我",这显然是违背诗文写作的常理的。对此,钱锺书先生为我们解答了这一疑问。他说:"作诗之人不必即诗中所咏之人,夫与妇皆诗中之人,诗人代言其情事,故各曰'我'。首章托为思妇之词,'嗟我'之'我',思妇自称也;……二、三、四章托为劳人之词,'我马''我仆''我酌'之'我',劳人自称也;……男女两人处两地而情事一时,批尾家谓之'双管齐下';章回小说谓之'话分两头',《红楼梦》第五四回凤姐仿'说书'所谓：'一张口难说两家话，花开两朵，各表一枝。'"下文接着叙述：在山冈上，他又酌酒自饮。那么他为什么要饮酒呢？"维以不永怀"，谓用以暂且消解一下一直纠结于心的对妻子的怀念。登高遥望家乡，用以寄托对亲人与故乡的思念，这是古人的一种习俗。说到此，我们要问：男主人公，拥有马匹，备有仆人，能自在地登山饮酒，他到底是什么身份？从事何种职业？享有何种地位？他又为什么要离家外出？又为什么不能返回家中和亲人团聚？留下许多问号，即设下一系列悬念，让读者自己去思考。这显示了诗歌的表意特色，更富于韵味。

桃　夭

桃之夭夭①，灼灼其华②。之子于归③，宜其室家④。
桃之夭夭，有蕡其实⑤。之子于归，宜其家室。
桃之夭夭，其叶蓁蓁⑥。之子于归，宜其家人。

注　释

①夭夭:茂盛的样子。
②灼灼:鲜艳的样子。华:通"花"。
③之:这。子:女子,指少女。归:出嫁。
④宜:指和顺。室家:指夫家。下"家室"同意。句谓与夫家和顺相处。
⑤蕡(fén):果实大的样子。
⑥蓁蓁(zhēn):茂盛的样子。

题　解

本诗为四言诗,分为三章,每章四句。内容是以春天桃花盛开起兴,祝贺花季少女的出嫁,同时祝她嫁入夫家后家庭生活和顺美满。

赏　析

此诗以托物起兴开始,描写正值桃花盛开的美好季节,青春少女迎来了出嫁的大喜日子,正可谓吉日良辰,故分外可喜。三章都以桃花起兴,是历来为人所称道的成功的范例。刘勰在《文心雕龙·物色》中说,万象世界,随着时令之转移,物色亦相随而变化,诗人有感于此,故能写出如"灼灼状桃花之状,依依尽杨柳之貌(见《诗经·采薇》)"等"情貌无遗"之佳句。这还是从"写气图貌"的角度说的。之后,人们更从比兴的角度发掘它的审美价值。有认为是以盛开而艳丽的桃花来营造新婚的喜庆气氛,是以环境色彩做渲染。有认为是以桃花的艳丽比新娘的艳丽,或红润的面容,即"人面桃花相映红"(唐崔护《题都城南庄》)。如此等等,说明诗人在写作时,只在提供一个形象鲜明的意象,至于它与正意之间的关系是隐含着而不做明示,中间留出空白,让读者根据自己的审美经验去自行填补,乃至于作者未必然,而读者未必不然,两者之间是虚淡而宽泛的关系,这就使得诗意隽永,耐人咀嚼,故它是一种艺术创造。

三章的结句,都以"宜"字冠首,选用此字,颇有讲究。"宜"者,朱熹《四书集注》解释为"和顺",是很贴切的。和,谓和好融洽;顺,谓顺从伦理,即敬老扶幼,友爱同辈。这里凝聚着诗人宝贵的人生经验。大家都知道,新妇嫁入夫家,就立即遇到怎样与家人相处的问题,这是自从有了家庭和婚嫁习俗之后,新妇无可回避的难题。《孔雀东南飞》中所描写的刘兰芝在焦仲卿家的遭遇,就是典型的悲剧事例。《红楼梦》中投亲于荣国府的林黛玉,也时时为人际关系而揪心。这可谓古往今来就有的社会性难题。于此,我们从中可以体会到,诗人预祝她在新家中和家人相处和顺,正是出于这种宝贵的人生经验,是说到了点子上。另外,在"预祝"的口吻中,我们也不难体会到其中包含着女方长辈在她临行前的叮嘱之意,可谓是一语双关。故选用此"宜"字,有着其丰富与深刻的含意,正是一字千钧。

此诗共三章,重章叠句的形式十分突出,每章首句文字全同,而从第二句开始,其所描写之事物在内容则是相互递进的关系。先后写"其华""其实""其叶",表现桃树从开花到结果叶茂这样一个周期(按:实际上,桃树开花之后,果实之长大与树叶之长大是同时的,只是到了果实成熟之后,树叶继续生长,以致到最后,桃树仅留下茂密的树叶。但是在诗中,两者不可能在同一章中同时叙述,只能分先后在两章中分别叙述,这是艺术真实与生活真实两者存在着差异的缘故)。故其句式虽然相同,而内容却存在差异,这样描写就使其内容能涵盖周全。这种描写方式,因为有其优越性,故在《诗经》中为诗人所常用。另外,在本诗中更值得注意的是,诗人在构词上多处采用叠字的方法,用以增强它的艺术表现力和它的美感。如"夭夭""灼灼""蕡蕡""蓁蓁"。"夭夭",显示桃树富有青春活力;"灼灼",显示桃花十分鲜艳夺目;"蕡蕡",显示果实非常硕大;"蓁蓁",显示树叶非常茂密。如果单用一字,就显得单薄,仅停留于一般的意义上。于此,我们可以看出,叠字的运用,能增强诗的形象性,使被描写的事物色彩更为浓重,其神情、色泽也可更逼真地显示于眼前。再说,叠字的运用,除了用于对客观事物的描写之外,在对主观感情的刻画上,亦充分显示出它独到的作用。可以说,它是当时诗人的一种艺术创造,在《诗经》中的诗篇创作与编集年代,就已为诗人所广泛地运用。这以后,历代诗人词人也都非常重视这一表现方法,并在自己的创作中吸取这一宝贵的养分,充分发挥它的作用。

芣 苢

采采芣苢①，薄言采之②。

采采芣苢，薄言有之③。

采采芣苢，薄言掇之④。

采采芣苢，薄言捋之⑤。

采采芣苢，薄言袺之⑥。

采采芣苢，薄言襭之⑦。

注 释

①芣苢(fúyǐ)：车前子，草本植物名。

②薄言：两词皆为语助词，此处为连用，无实义。

③有：取。

④掇(duō)：拾取。

⑤捋(luō)：将物以手抓住而顺着一定方向取下。

⑥袺(jié)：拉着衣服之前襟以盛物。

⑦襭(xié)：拉起衣襟用来盛物。

题　解

　　这是一首描写妇女采芣苢的诗篇,是一首用于载歌载舞的歌舞曲,地方民歌的特色较为明显,当是由采风者采集后经艺术加工而编入《诗经》的。诗篇内容为叙述采集芣苢的劳动过程,流露出对这一劳动的热爱之情。

赏　析

　　此诗在内容与表现形式上具有十分明显的民歌特色。

　　首先,它将采集芣苢的劳动,按其先后的六个动作,用六章分六个层次表达。每一个动作仅用一个词以概括,所用之词极为质朴而形象鲜明,故读其词,其各种动作均历历在目。它既反映了汉语词汇具有很强的表现力,又说明此诗语词选用之精确。

　　更可注意的是,作为一首诗歌,全诗共六章,而每章却仅两句,且为重章叠句,各章仅置换一字,这在《诗经》中罕有其例。故从其反映的内容到表现形式,可以肯定它本是劳动者在劳动中所歌唱的诗歌,所谓"劳者歌其事",这正是明显的例证。我们可以想见,妇女们三五成群地在野外采集芣苢,边采边歌。我们读其诗,宛若听到传扬的歌声,而且目睹其情。所以,只有从这样的背景条件出发,才能体会到在这朴实无华的诗歌语言中所蕴含的浓郁的民歌风味,感受到它是多么的亲切,又多么的优美动人!

　　然而还不止于此,因为它既是一首诗歌,同时它又是一曲舞曲。其舞蹈动作,已不可知,然而可以设想,它必然与劳动之动作相仿,是劳动动作的舞蹈化处理,表演者亦当是劳动者自己。她们在这劳动场地,轻快地边歌边舞以娱乐,洋溢着一派欢乐的气氛。我们可以想见,这更是怎样动人的情景!尽管最初的舞姿未必很优美,但是它也可例证舞蹈艺术的诞生源于劳动,其价值是不平常的。往后,随着文化艺术的不断进步,舞蹈艺术成为独立的门类,到《诗经》编集前后,《芣苢》成为与诗歌相匹配的舞曲。它不可能再在劳动场地表演,表演者也不可能是劳动妇女自己,而必然有专门的演出场所和专业的演员。诗歌的文字必然已经过精细的加工而达到完善;其舞蹈动作,演员专司其职,也必然趋于完美的境地。

汉　广

　　南有乔木，不可休思①。汉有游女②，不可求思。汉之广矣，不可泳思。江之永矣③，不可方思④。

　　翘翘错薪⑤，言刈其楚⑥。之子于归，言秣其马⑦。汉之广矣，不可泳思。江之永矣，不可方思。

　　翘翘错薪，言刈其蒌。之子于归，言秣其驹⑧。汉之广矣，不可泳思。江之永矣，不可方思。

注　释

①思：语助词，无实义。
②汉：指汉江。
③永：水长流的样子。
④方：用竹子或木头编成的筏子渡水。
⑤翘翘：众多的样子。错：事物相互错杂的样子。薪：指木柴。
⑥言：语助词，无实义。刈(yì)：砍伐，割取。楚：荆条。
⑦秣(mò)：用草料喂牲口。
⑧驹：小马。

题　解

这是一首因爱恋而相思的诗歌。诗歌的中心内容是写一个在高贵门第做奴仆的年轻男子,对所遇见的一位少女十分向往,然而在现实生活中却无法实现,为此而抒发其内心的苦闷和愤慨。

赏　析

此诗一开始就发问:南方有乔木,为什么不可以依赖它休息?我们知道,古时在野外,即依靠树木休息。在我国最早出现的文字甲骨文中,其字形即象人在树旁休息,说明这是"休"字的本意。本来,凡乔木皆可依靠着休息,则此乔木为什么不可以依靠着休息呢?人们寻求其答案,百思不得其解,或者为破解而不惜牵强附会。对此,我们可以明白地说,此问题问得没有道理,所以也没有答案。既然如此,那么,诗人是不是在故弄玄虚呢?显然不是。这就使我们恍然明白,诗人的用心是想通过诗句来抒发其思想感情,而不是出一个常识性的问题让读者解答。那么,他想抒发什么思想感情呢?他内心在发问:乔木明明可休,为什么竟然不可休呢?在这里,说乔木其实是打一个比喻,用以过渡到下面"汉有游女,不可求思"的正面意思:青年男女之间的爱慕之情,是天经地义的,那么在现实生活中却为什么不可期望它能实现,好比天然屏障相阻隔,难以逾越一样。这是发自内心的愤慨之声。那么,他爱慕谁呢?由下文可知,那个在汉水边游玩的少女,正是他心仪的情侣。可是虽然向往情深,却是"不可追求"。这就是现实。至于为什么"不可追求",无可解答。紧接着下面两句:汉水之宽广,不可泅渡;汉水之流长,不可用筏子航行。这是他面对汉水而引发的联想,用两层比喻以加强"不可"的语气。明明可以泅渡,可以用筏子航行,为什么一概都"不可"?

下面两章转换话题,我们从"刈楚""秣马""秣驹"和"之子于归"这诗句中,知道这是在描写该青年男子的现实处境。"刈楚""秣马""秣驹",这是他作为奴仆的本职劳务。"之子"之"子",在《诗经》中可称闺女,此即指东家的闺女。如今她要出嫁了,所以合府自有一番忙碌,包括这个年轻男仆。这里必须辨别清楚,该闺女,绝不是在汉水边游玩的少女。因为:一,从文理上说,在汉水边游玩的少女,怎么可能一下转换为东家正待出阁的闺女,两者之间,我们找不到相关联的丝毫线索或暗示。而且上章明明说"不可求思",怎么又急转直下变成不仅可求,而且立即举办婚事呢?二,再从情理上说,东家的少女怎么会嫁给一个自家的奴仆,并且在出阁前夕竟在其家为婚事操劳呢?所以,很清楚,游女是游女,闺女是闺女,两者决非同一人。对于这一点,我们必须辨别清楚,倘若两者的关系含糊不清,那么,整首诗的脉络就完全被搞乱了。在本诗中,该青年男仆是抒情主角,而那个闺女则是配角。她的出现,有两方面的作用:第一是可以表明该青年男仆在其家中的身份地位,第二可以借助东家操办婚事的忙碌和闺女出嫁的喜庆气氛,使他联想到自己的婚恋现实,内心蒙受刺激,并衬托他的失落,加重他的惆怅情绪。那么,下一步他该怎么走呢?我们从每一章的后面四句中可以知道,他不会改变初衷。诗文说的是汉水之宽广,不可泅渡;汉水之流长,不可用筏子航行。而实际上则是借以抒发对在汉水边游玩少女的"不可求"的感愤,三章连续叠句,可见其分量之重,语气之强烈。这无异在申明:"不可求"?这违背常理,我偏要求!初衷绝不改变!可见他是一个执意于初衷的人。

  此诗在思想内容的表达上,明显具有朦胧诗的特色。诗人为所描写的事物蒙上一层迷雾,使读者难辨真相。如一开头的乔木不可休,游女不可求,汉水不可泳,不可用筏子航行,迷雾重重。接着又出现一个东家闺女,她与游女的关系怎样,凡此种种,其真相诗人始终不加点明,留出很大的空间,让读者自己去探索,导致探解者众说纷纭。这是诗人在表意方式上的创新之处。

汝　坟

遵彼汝坟①，伐其条枚②。未见君子，惄如调饥③。
遵彼汝坟，伐其条肄④。既见君子，不我遐弃⑤。
鲂鱼赪尾⑥，王室如毁⑦。虽则如毁，父母孔迩⑧。

注　释

①遵：沿着。汝：汝河，在今河南，为淮水支流。坟：堤岸。
②条：树名，即山楸。枚：小树枝。
③惄(nì)：忧思。调饥：胃因饥饿之极而作响，使人难以忍受。按："调"为"啁"的假借字，本指鸟鸣声，为拟声词。此为借指。
④肄(yì)：树木被砍伐后再生的枝条。
⑤遐弃：此指丈夫只顾国事而疏远抛弃自己。遐：远。
⑥鲂(fáng)鱼：鱼名。形如鳊鱼，头部小而身子宽阔，味道鲜美。赪(chēng)尾：尾部红色。
⑦毁(huǐ)：火，烈火焚烧。比喻当时朝廷的形势，犹如处在烈火焚烧中，十分危急。
⑧孔迩(ěr)：很近。

题　解

　　这是一首反映征夫之妻心情的抒情诗。本诗虽然反映了朝廷形势危急的背景，但不能确指其时代与年月。诗歌的思想内容是从一位征夫之妻的角度，抒发她因丈夫不能兼顾国难、家困而陷入矛盾、痛苦之中，使人深为同情。

赏　析

　　此诗的主人公是一位征夫之妻，她既重夫妻情谊，又重伦理操守，体现了完美人格的形象。如她在国家与家庭关系的处理上，说："鲂鱼赪尾，王室如毁。虽则如毁，父母孔迩。"在"虽则"之后再说"父母孔迩"，语气上即表示，对"你"来说，朝廷之事虽然至关紧要，可以不惜生命地在前线征战，而供养父母之事也不可弃而不顾，因为父母养育之恩毕竟终身难报。很明确地将国家放在前面，而将父母置之于后。这在通常情况，无疑是理智的、正确的。而在"父母"一词之中，也自然包括了整个家庭。那么，在夫妻情谊的处理上，她又是如何正确处理的呢？全诗共三章，诗人用两章来反映夫妻情谊这一层关系。可见诗人是将它摆在十分显著而重要的位置。她孤守在家，时时翘首盼望丈夫的归来，现实每每令她失望，盼望之心情也愈益不可忍受。诗人在此用"惄如调饥"作比。"调饥"这是胃部在饿得无法忍受时的一种机体反应，不是我们平时所说的肚子饿得"咕咕叫"而已。我们一般人假如未曾亲身遭遇过此种境遇，是很难体会得到的。她在家中，上有公婆，下有子女，靠她一个人支撑这个家庭，度日之艰难是不言而喻的。且不说她平日三天两头处在忍饥挨饿之中，就是饿到无法忍受，也会是常有的事情。正是从这样的切身体会出发，才会用它来比方心情的忧伤。身心两重伤痛交织在一起，这样的煎熬几人能忍受得了？可见，诗人用"惄如调饥"一词，这是兼顾了这两方面的内容。当然，这两者之中，心里的伤痛无疑更是主要的。

　　第二章写"既见君子，不我遐弃。"即写终于等到丈夫返归这一天，在见面的一瞬间，她的心里反应。"遐弃"，就是淡忘，这与上句"惄如调饥"是做对比描写。我们设想一下，经历了漫长的岁月，今日终于面对亲人，如愿以偿，她心里有多喜悦，有多少话语要向他倾吐？平日里经受的辛苦，真是千头万绪，哪怕千言万语也难以尽说。可是这一切现在都置之不说，只说"不我遐弃"，心灵上就得到安慰和满足了。这句话，如果改用今天的话来表述，就是还好你没有忘记我，或者你心里还是有我、有这个家。这反映出她的内心有多大的气量，反映出她的心地多么纯洁质朴！这还是从她本身心胸这一侧面去体会，若从她对于丈夫的情怀这一侧面去体会，则更反映了她对丈夫的理解和体贴，而这才是主要的。丈夫在前方征战，出生入死，这与自己在家的困苦不能相比。今天得以生还，即印证了他的心地。说明他不是不怀念自己，而是出于万不得已。既然双方心照不宣，一切话语就显得是多余的了。以上，我们是对于"怒如调饥""不我遐弃"两句，从它真实反映了人物的内心世界的角度做分析。若从鉴赏其用词的角度看，可以看出诗人善于字斟句酌，使之达到精练的程度。

　　第三章，我们从"王室如毁""父母孔迩"两句中，也同样可以看出。朝廷的形势危急万分，怎样选用一个词而能将它表述得恰如其分？这是十分困难的事。诗人用"毁"这个比喻词，由此而提供了十分鲜明的形象，使人可以想见其情景。而"父母孔迩"，则选用一个"迩"词，是从父母与子女关系这一视角着笔。就人与人之间的关系而言，父母与子女之亲密是出于天生。俗语说："子女是父母的心头肉。"父母的养育之恩，在任何情况下，做子女的都切不可稍有遗忘或怠慢。于此，都可看出诗人用词的分寸了。

汝坟·

19

鹊　巢

维鹊有巢①，维鸠居之②。之子于归，百两御之③。
维鹊有巢，维鸠方之④。之子于归，百两将之⑤。
维鹊有巢，维鸠盈之⑥。之子于归，百两成之⑦。

注　释

①鹊:喜鹊。
②鸠:古代称鹘鸼、鸤鸠(布谷鸟)之类的鸟。
③两:同"辆"。指新郎家迎娶新娘的车马。
④方:居有。
⑤将:行进。
⑥盈:满足。
⑦成:迎娶新娘的礼节完成。

题　解

这是一首描写新郎家迎娶新娘之礼节的诗歌。迎新是古时婚礼的一个环节。诗歌内容是反映新郎家迎娶新娘至家居住之过程,故可能是迎娶时所演唱。但从它所描写的新郎家迎娶的盛大而豪华的阵势来推测,分明是当时的显贵之家,此诗歌即赞颂其事。故不言而喻,本诗非为一般家庭迎新所用,因为与其内容极不相称。

赏　析

本诗以"鹊巢鸠居"起兴。"鹊巢鸠居",现已演变成为一个成语,它的出处即是本诗。可是作为成语,意思是本为他人的东西,却强行据为己有。这难道是说,本为新郎之家产,却由入门的新娘强行据为己有吗?我们今天所看到的最早解释《诗经》的书,是汉代的《毛诗故训传》,它说:"鸤鸠不自为巢,居鹊之成巢。"意思是鸤鸠鸟自己不能筑鸟窝,于是居住在鹊鸟筑好的窝里。这样的解释并无根据,很明显是出于望文生义,但尚无贬义。同样,当时解释《诗经》的《齐诗》,则认为鸤鸠的入居鹊巢,是出于两鸟的自然本性,也无贬义。可是有一本旧传出于春秋时乐师师旷的《禽经》,却说,鸤鸠自己不筑巢,是由于笨拙之故。这就明显带有贬义。但此书出于后人依托,不足为据。然而汉时也确有人认为鸠鸟本性是笨拙的。不仅如此,还有人进一步认为它的入居鹊巢,是一种不良的行为,其甚者,更说它是一种耍无赖手段的坏鸟。鹊鸟本性爱好清洁,鸤鸠伺察它出去,即将污秽之物弃置于其巢中。待鹊鸟飞归,见状,即弃之不顾,于是鸤鸠据为己有。真是恶劣透顶!对此,有不少误解。对于诗句的意思,我们不妨用今天的话来表达:富家弟子迎娶新娘入门居住。此家本来是富家弟子所有,现在则迎娶新娘进门居住。

另外,还必须注意的是,一首迎新诗歌,为什么要用两鸟之事起兴呢?学者有诸多考证,认为此种事,在自然界确有其例。也有学者以为不然,认为这是在毫无根据地强求解释。此事直到今天仍为悬案。我想,我们是否可以改换一个角度来分析。诗歌本为艺术,所以我们还是将它作为艺术作品去分析和欣赏。诗句写的是鸟类之事。本诗句所反映的,可谓是个别例子,并且已不

鹊巢

得其详，但也不能否认它反映的毕竟是动物世界的事情。我们由此可以推测，本诗之作者很有可能正是借用民间故事，而融入他的诗歌创作，即引入新房。设想一下，这是多么有趣味的婚礼场面啊！这样的理解，就让诗歌回复到原本的艺术，也正与此诗所写的迎新场面相合拍，而不让它纠缠于考证而推断一个涉及自然科学的命题。以上所说，无非是提供一种设想，仅供参考而已。

　　再可注意的是，此诗写迎新的过程，虽分三章来表达，但每章仅改换一个词，整个迎娶过程就完全概括了，言简意明，体现了《诗经》的用词特色。

甘　棠

蔽芾甘棠①，勿翦勿伐，召伯所茇②。
蔽芾甘棠，勿翦勿败③，召伯所憩。
蔽芾甘棠，勿翦勿拜④，召伯所说⑤。

注　释

①蔽芾(fèi)：茂盛的样子。甘棠：树名，落叶乔木，是棠树的一种，果实似梨而小。
②召伯：指召康公。姬姓，名奭。因封地在召(今陕西岐山西南)，故称召公或召伯。茇(bá)：止息。
③败：毁坏。
④拜：拔。
⑤说(shuì)：通"税"，止息。

题　解

召公治陕，深得民心，这是一首反映民众怀念召公的诗歌。从内容看，当是记述召公作为太保时，巡行乡里，曾在一棵棠树下审理狱讼案件。他处理行政事务，秉公执法，公正严明，大快人心。故虽事过经年，百姓见其树，犹怀念当时其人其事。诗人有感于此，故采编而为此诗。诗乃内心感情之抒发，召公之治，人民永志不忘，故流传歌唱，以寄托对召公的怀念与敬爱之情。本诗所写，虽为民众相互提醒，要保护好甘棠树，不可有所损坏，让它千秋常青，而所寄情者则在召公，赞美之情溢于言外。

赏　析

召公在棠树下审理狱讼案件，处理行政事务，这是一件突破常规的事情。《史记·燕世家》即载有其事，文中说召公治理陕以西地区，万民拥戴。公管辖治理之地域，十分广大，故势必各处都有办公之处所。那么，为什么此次他竟然要在棠树之下审理呢？我们有理由推测，其时必定遭遇非常之事，必须当即处理。此次事件处理的结果，据《史记》所说："自诸侯到平民百姓，各得其所，无失职者。"可见达到严明法纪，扶良除奸，弘扬正气，端正风尚的作用，使得上下各安其分。真可谓一举而奏奇效。只可惜对于事情本身，司马迁只字未提，也许他得之传闻如此，而未闻其详。但是，尽管如此，他通过这一情节的描写，生动地为我们塑造了政治家召公的光辉形象。他关爱民生，体恤民情，具有远见卓识和政治魄力，敢于突破常规。这一形象与其处事范例，不仅载诸史册，而且流芳百世。

其次我们要分析的是，既然此事在当时如此震撼人心，影响巨大，然而见诸《诗经》篇文，其所偏重，却只在留意这棵棠树上，人们相互提醒，不要去损坏它，让它千秋常青。为什么诗文只从这一角度去抒写呢？第一，若从通常意义上说，因为这棵棠树已非同一般，它可见证召公在此为他们做主，使他们获得安宁，是体现召公恩德的具有标志性的纪念物。见其树，即会怀念召公的功德。对此，《左传》上已有与此诗相关的记载。在"定公九年"，即载有某"君子"之言论。他说："《诗经》上说：'蔽芾甘棠，勿翦勿伐，召伯所茇。'思其人，犹爱其树。"可见,早在春秋时,人们就是这样看待的。第二,此棵棠树,已是当地珍贵的植物,是独一无二的精神财宝。保护它,就是保护由召公所建树的优良风尚,让它溉泽后代,教育子子孙孙。这无疑是人们所以珍爱它的更为重要的价值所在。

再说,召公此次非常之举动,其始末过程,势必十分复杂和激烈,可歌可颂者亦难以尽述,而诗人为什么对此都略而不言,独选取召公一行到此车马停息这一刻之情形呢?因为,这太非同小可了,它正是民众所翘首企盼的。若召公车马果真停下,说明召公顺从民心,事情就有希望。故当时车马一停,人情势必沸腾,太令人激动了!这为以后事态之发展做了铺垫。抒情诗不同于史诗,由此正可见诗人之独具匠心。

·甘棠·

摽 有 梅

摽有梅①，其实七兮②。求我庶士③，迨其吉兮④。
摽有梅，其实三兮。求我庶士，迨其今兮。
摽有梅，顷筐塈之⑤。求我庶士，迨其谓之⑥。

注 释

①摽(biào)：掉落。有：语助词。
②七：指梅树上的梅子尚有七成。
③求：求爱。庶士：指众多未婚的青年男子。
④迨(dài)：趁着。吉：吉祥的日子。
⑤顷筐：一种形似畚箕的竹筐。塈(jì)：取。
⑥谓：假借作"会"。指男女自由相会恋爱。

题　解

　　这是一首未婚少女求爱的情诗。很明显,它是在民间流传而为青年男女乐于演唱的歌曲。此诗的作者,是以未婚少女的口吻来抒发其求爱之心愿。它使读者感受到这位少女的真挚天真、热情开朗的鲜明个性。

赏　析

　　诗歌以梅子掉落起兴。梅子掉落这种情景必然是这位少女所目睹。古时的地方习俗,早春二月,是恋爱的季节,而梅树开花结果,大致也正值此时,虽然地方区域之间也会有所差异。恋爱不可错过这个季节。少女的家,可能就在遍地梅树的村落中。一年年梅花的开放、结果到掉落,相伴着她的成长。到了青春芬芳的年岁,她意识到这与岁月的流逝密切相关。尤其是到了自己已值大龄的年纪,眼看着梅树的花开花落,岁月无情,无可挽留,不由得滋生一种焦虑的情绪。青春岁月,对于任何人都不会有第二次啊!无可名状的忧伤煎熬着她的心,而让青年男女有相会自由恋爱的机会,则又使她充满期待。全诗正是刻画她在眼看梅子逐渐掉落,以致掉落殆尽的过程中,她的求爱心理也如何逐渐急迫和强烈,人们仿佛可以感受到她的怦怦心跳。最后她决定赴"会",内心阳光满道。

　　第一章,她所见到的,已经是梅树上挂着七成梅子,这种景象预示着美好的二月正在开始无情的消逝,然而还没有人前来主动向她求爱。于是,她在心里叨念着:想追求我的好小伙子,趁着这吉日良辰来表示一下吧。这时,她还抱有信心,时日尚有,可以等待。第二章,眼见得梅树上挂着的梅子只剩下三成了,七成已去,可是还不见端倪。然而她仍抱有希望:总会有人前来表示的。她眼巴巴地期盼着:想追求我的好小伙子,你就趁着此时此刻过来说一声吧。但是杳无人影。第三章,转眼梅树上的梅子已经掉落殆尽,盼望有人前来求爱,已成泡影。可是,她认为,机会还有,她要趁着这二月最后的时刻,走出家门,前往让男女相聚会的地方,物色意中人。于是她在心里叨念着:想追求我的好小伙子,趁着这相聚会的机会,让我们相爱吧。这已不再是单向的求爱,而是双向的选择。况且到"会"的适龄青年与大龄青年是主体人群,熙熙攘攘,成功的希望就很大,这使她曾渐渐变凉的心情,又被火花点燃了。后续之事究竟会怎么样,好运是否会降临,诗人留下了悬念。我们从她的心理历程来看,是一波三折。一开头,情况已不乐观,少女的信心曲线就已经处于低处,并且还在向下延伸。到了只留下三成,信心的曲线就延伸到了接近底部。到了准备去加入相亲的聚会,信心的曲线就调头拉升。一根曲线,显示了信心的波动起伏,也使得形象生动感人。

全诗在章句格式上,很明显是重章叠句,但在相似的形式中,又存在着内容上的差异。前面一、二两章,相同的章句格式中,所表述的内容是递进的:由"七"而"三",由"吉"而"今",说明事态的发展,促使焦虑情绪的加深和要求的放宽。客观现象与主观心情是一种同步递进的关系。然而第三章却不同。章句的形式虽然相同,而其内容却不再是递进,而是转向。这说明诗人在运用重章叠句的格式上,不让形式和内容之间的关系趋于程式化,而使它有所变化,从而呈现出多样化的特点。

根据《周礼·媒氏》记载,媒氏之官掌管男女的婚配。令男子三十岁娶妻,女子二十岁嫁人。到了每年的农历二月,媒氏即发布命令,凡适龄的青年男女可以不拘礼节地自由相会恋爱,即使私奔也不禁止。假如无故而不听从命令的,要处罚。甚而至于那些丧偶的人,也命令他们在此时相会恋爱。这不能不说为他们开启了幸福之门。从开始以行政手段提倡,到渐成地方上的一种风俗,年复一年,它不知成就了多少的佳话乐事。诗中所写的这个女子,她的经历,正是一个形象的代表。在她身上,体现了媒氏之令的明智、正确,满足了广大男女的渴望。媒氏之令在民间的反应和其积极效果,文献上并不多见,而本诗却提供了一个生动的例子,不可等闲视之。

野有死麕

野有死麕①，白茅包之②。有女怀春③，吉士诱之④。林有朴樕⑤，野有死鹿。白茅纯束⑥，有女如玉⑦。"舒而脱脱兮⑧，无感我帨兮⑨，无使尨也吠⑩。"

注 释

①死麕：为本诗下文描写的男子所猎获。下文"死鹿"同此。麕(jūn)：獐子。

②白茅：茅草。包：捆扎。

③怀春：男女的情欲。句谓萌发爱恋的欲望。

④吉士：此指打猎的男子。从这两句中，知道怀春之女与此男子有机会相伴。

⑤朴樕(sù)：丛生的小树。句意指男子砍下朴樕之树枝。

⑥纯：捆。纯束：捆扎。句指男子用白茅捆扎死鹿和砍下的树枝。

⑦玉：玉石。这里用来比喻女子的坚贞纯洁，温润可亲。

⑧舒而：慢慢地。脱脱：从容缓慢的样子。句意是说，相爱之事当舒缓从容。

⑨感(hàn)：通"撼"，动。帨(shuì)：女子的佩巾。

⑩尨(máng)：多毛的狗。吠(fèi)：狗叫。

题　解

　　这是一首反映一对青年男女恋爱的情诗。男女之间的自由恋爱,这本来是民间择偶常见的现象,它和一定的婚姻仪式相结合,成为古时民间婚姻的基本模式。通过这首诗,我们可以看到当初自由恋爱的状况。《诗经》的采编者,基本上保留了它的原貌,其价值所以可贵。诗中情人间那种既爱怜体贴又自爱自重的相互交织的复杂感情真切动人。

赏　析

　　恋爱心理是微妙难言的,本诗作者却把它刻画得惟妙惟肖。诗中所描写的男子,是一个好猎手和劳动能手,察觉某一女子有想要恋爱的欲望,于是很自然地要去挑逗、引诱她。这本是年轻男女间常有的事,可也有可能是恋爱的开始,此男子即是怀有心意的那种人。他在和她进一步的接触中,觉得她内在与外表都十分地完美,于是有所动心。此后恋爱怎样逐步发展,我们不得而知。但是从第三章中即可知道其信息,双方已处在恋爱中。若从心理层面去分析,他开始是作挑逗试探。对方大概不表可否,这就使他觉得存在着希望。于是在多次接触中觉得她纯洁如玉,完美无缺,认为是天赐良机。至此,其微妙的心理也已披露无遗。女方则虽已情欲萌动,对恋爱之事既有兴趣又感陌生;对于这个男子,虽怀有好感,但是尚无谈情说爱的思想准备,因此对他的主动求爱,实在难以表态。她需要一个思考的过程,但是,亦有必要留有余地,使他抱有事有可能的猜测和期盼,这是她最初的心理。这之后,她对于男方对自己的深情的关注与欣赏,当然心领神会,自己也会想,这未尝不合自己的心意。真是心有灵犀一点通。她的微妙心理和变化轨迹大致如此。而出现在第三章中的她,已分明是情网中人,故叮嘱男方,当如何相互接触交往,以有利于事。她所叮嘱的是:首先,行为必须自爱自重,不可有动手动脚的举止。其次,感情当慢慢地培养,让其自然地成熟,切莫操之过急。再次,要私下交往,以避人耳目。可见她已做了周密的思考,故有如此这般的要求。而男方呢,对于这些要求,他作何表示呢?诗人不形诸笔墨。但是我们可以设想,他必然会答应。双方的心理奥妙都不言而喻。

在剖析双方微妙心理的同时,他们鲜明的个性也了然在目。男方富有主见,大胆主动,热情而有能耐。女方聪慧多情,端正娴静,沉着稳重。说到这里,我们对于女子对男友在叮嘱中所提出的三个要求,显示出她的过于谨慎。说不可动佩巾,则涵盖了一切的行为举止;不使狗叫,却涵盖了不惊动家人或邻居,这不用说也自然明白。

最后,我们尤其要注意到,本诗表现出的在婚恋中自爱自重的思想,是我们值得继承和发扬的。

·野有死麕·

柏　　舟

泛彼柏舟①，亦泛其流②。耿耿不寐③，如有隐忧④。微我无酒⑤，以敖以游⑥。

我心匪鉴⑦，不可以茹⑧。亦有兄弟，不可以据⑨。薄言往诉⑩，逢彼之怒。

我心匪石，不可转也。我心匪席，不可卷也。威仪棣棣⑪，不可选也⑫。

忧心悄悄⑬，愠于群小⑭。觏闵既多⑮，受侮不少。静言思之⑯，寤辟有摽⑰。

日居月诸⑱，胡迭而微⑲？心之忧矣，如匪浣衣⑳。静言思之，不能奋飞。

注　释

①泛:漂浮不定的样子。柏舟:用柏木做的船。

②亦:意同"又"。

③耿耿:不安的样子。

④隐忧:内心深处的忧痛。

⑤微:非,不是。

⑥敖:通"遨",出游。以上两句意思是,不是我没有酒,可以在出游时用来消解忧愁。

⑦鉴:镜子。

⑧茹:容纳。即不论美丑,一概可以入镜。

⑨据:依靠。

⑩薄言:语助词,无实义。诉(sù):告诉。

⑪威仪:仪容举止。棣棣(dì):雍容娴

⑫选:通"巽",卑顺。

⑬悄悄:忧愁的样子。

⑭愠:怒。群小:指众多品行卑下的人。

⑮觏(gòu):通"遘",遭遇。闵(mǐn):忧患,忧愁。

⑯静言:犹如"静然"。

⑰辟:拍打胸部。有:通"又"。摽:捶击。句意是说,无法入睡,起初拍打胸部,继而用力捶击。

⑱居、诸:两词都是语助词,无实义。

⑲胡:意同"何",为什么。迭:交替。微:昏暗不明,指日食和月食。

⑳浣(huàn):洗。

题 解

本诗是西周时期邶国一位忠贤之臣抒发其不被国君所信用,反而遭受得宠的卑微之臣的侵害,而陷入忧愁、痛苦之困境的抒情诗。此诗当作于邶立国之时。其地域在今河南淇县之北,是周武王灭商后所封。之后,周公旦东征平乱后被封于卫的康叔所兼并。因此,它存在的时间并不长。此诗凝聚了诗人的忠贞不渝之心、抑郁悲愤之情,是用他的心血所谱写。

赏 析

此诗的作者,我们虽然不知道他姓何名谁,但是他的身份地位、他所处的时代及其社会背景约略可知,这对于我们了解作者所抒发的思想感情、他难以言表的痛苦很为有利。大家都知道,人只有经历坎坷磨难,才能磨炼出闪光之作。此诗即是明显的例子。那么,他经历了怎样的坎坷磨难呢?首先他说:"我的心灵不是一面镜子,可以让外物在镜面中随意出入。"意思是心灵自主,不容外力所侵犯,以表明自己意志坚定。可以看得出,有一种外在势力要强行改变人的意志,其气势可谓不小,作者感受到了这种沉重的压力。于是他要寻求他人的同情与安慰。而亲近者莫过于兄弟,因此前往其处,向其诉述。不料非但得不到同情与安慰,反而受到怒斥,怪他不识时局世风。连最亲近者都如此,说明那股外在势力的社会影响甚大,而他在世上则已茕茕孑立,处于孤立的境地。

该怎么办呢？接着诗中用两个比喻来表明自己的态度。第一个说，我的心不是一块石头，可以让人随意转动。说明虽然处于逆境，而守志如初，绝不动摇。第二个说，我的心不是一张席子，可以让人随意舒卷。说明自己刚正不阿，绝不屈从随顺。接着从正面说，自己以高雅自恃，绝不唯唯诺诺。何等光明磊落！到了第四章，才透露出自己有所觉悟，明白了这逆境的背景。虽然，诗文中只是说，自己遭受侵侮，陷入如此处境，是这班"群小"的罪恶。然而事情就这么简单，可以一目了然吗？他静下心来思考，突然情不自禁地重重捶击胸部。为什么有此举动？因为他豁然觉悟，"群小"何以能如此气焰嚣张，为所欲为，还不是他们有恃无恐！所以，点明"群小"，实际上正暗示了他们的背景，这是不言而喻的。既然如此，那么，自己身处邶国，所遭受的忧愁痛苦还能解除吗？自己的境遇还能改变吗？无须再寻求答案。一切矛盾的症结正在此处，故而此章在全诗中也显得特别的重要。

经历了如此的坎坷磨难，最后又以毫无希望告终。那么，他该死心了吧？不然。他自问：为什么天际会出现月食日食，黑暗与光明两者会交替更迭？意思是，一时的黑暗，终究会被光明所取代。实际上则是提出疑问，为什么自己的处境却不会由黑暗转向光明？接着又设比，心头之忧愁，好像没有洗涤过而带有污垢的衣服那样让人难受。意思是说，心头的忧愁也能洗涤一新才好。然而不可能。一切希望都不会产生！那怎么办？他想到，要是能像鸟一样奋起高飞，超离这处境才好。但是也不可能。带着这样一连串的疑问，结束诗篇。这说明，历经坎坷磨难，虽然身处困境，然而却促使他思索更广泛的问题，这就充分显示出他仍然充满精神活力，这是多么的难能可贵！

再说，此首诗歌何以说是磨炼出来的闪光之作。我们看，它具有以下的一些特色。首先表现在诗人善于抒情。有些感情虽然很难表达，却表达得很充分。如首章，说自己坐着船，或者任其在河上漂浮，或者任其顺水漂流。他为什么有如此行为，而又漫无目的？因为他本想放松心情，转而此心思又全无，故而完全任其自在地漂着。此种自相矛盾的思想和行为，表明了压力的沉重，因此，原来所打算之事，已全然提不起心来。接着，在说明夜晚毫无睡意，隐约点到此乃忧愁痛苦所致后，又转述自己也备有酒，可供自己出外游玩时用来消解忧愁苦闷，可是现在也全无心思。如此，就使压力分量的表述得到加强，使它被深度地衬托出来了。再看下面，他在平静地思索着，突然似乎被什么事情所触动,瞬间爆发出捶胸的举动。为什么会如此?文中没有说,但诗人内心的突然醒悟,就由于表达得淋漓尽致,堪称绝笔。第二个显著的特色是,诗中的比喻十分出色。以人们平时生活中常有的对镜子、石头和席子的动作为喻,用于比说心灵的秉性和涵养,则含意深刻,意味深长。而其寓意如此,又似固有此理,自然引出,不是生硬外加。本诗另外的特色,如诗人闪烁其词、含而不露的表现技巧,耐人咀嚼。如此等等。

· 柏 舟 ·

燕　燕

燕燕于飞①，差池其羽②。之子于归，远送于野。瞻望弗及，泣涕如雨。

燕燕于飞，颉之颃之③。之子于归，远于将之④。瞻望弗及，伫立以泣⑤。

燕燕于飞，下上其音⑥。之子于归，远送于南⑦。瞻望弗及，实劳我心⑧。

仲氏任只⑨，其心塞渊⑩。终温且惠⑪，淑慎其身⑫。先君之思⑬，以勖寡人⑭。

注　释

①燕燕:相伴的燕子。于:往。
②差池(cīchí):长短不齐的样子。此句意思是燕子的羽毛长短不齐。
③颉(xié):飞向上。颃(háng):飞向下。颉、颃连用，是说一会儿向上飞，一会儿向下飞。
④于:往。将:送。
⑤伫立:久久站立。
⑥下上:在上飞的,在下飞的。音:指鸣叫声。
⑦南:指向南方向。
⑧劳:忧愁。
⑨仲氏:兄弟姐妹中排行第二的。
⑩塞:真心实意。渊:深厚。
⑪终:始终。惠:仁爱。
⑫淑慎:贤良并谨慎。
⑬先君:已过世的国君。
⑭勖(xù):勉励。寡人:国君对自己的谦称。

题　解

这是一首邶国国君送其妹出嫁南方某诸侯国的送别诗。送别的情节生动感人，诗人当是亲闻其事，故写成此诗。诗篇的内容是，先描写作为国君的兄长，因其妹出嫁南国，远送她至郊野，二人依依惜别的情景。然后称赞其妹人品和涵养之高尚，回忆她对自己的勉励，显示出兄妹间情谊的深厚。

赏　析

这是一首为人们所称道的送别诗，确实，它有着许多值得欣赏、玩味之处。

第一点，诗歌以燕子南飞起兴。那么，它和兄妹送别的本意有没有关联呢？注意到诗人笔下的燕子，具有结伴而飞、关系亲密这一特点，就可知道诗人是有所寄意的。第一章，突出其相伴而飞。第二章，描写它们或在上面而向下飞，或在下面而向上飞，相互配合，十分协调。第三章，又从鸣叫声方面表现上下两者的协调配合。配合默契，说明关系亲密无间。很清楚，它是兄妹间手足情谊的象征。不仅如此，它同时又反衬了今日离别之痛心莫及。

第二点，在送别情景的描写中，将兄妹情谊的深厚，表达得淋漓尽致。先写"远送"到郊野，难分难舍，能尽可能地再多待一会儿也好。到了车马已上路远去，并且已经在视野中消失，而他却仍在极目"瞻望"，希望还能有所见。直至希望落空，而他却似乎木然无知，还是"伫立"不动，完全为情所驱使。最后说到其"泣"，突出其情不自禁以至于此。可见，诗人以四个层次，并逐层加深的手法，来刻画情谊非同一般。

第三点，阐发兄妹间的情谊为什么会如此深厚这一点。诗人从兄长这一角度来进行阐发。他将它归结到兄长对其妹的理解和信赖，因而双方达到同心同德、心心相印的地步。在他心目中，她待人真心实意，见识深远，一贯温和而充满仁爱，以贤良美好要求自己，处事小心谨慎。既然她有如此之涵养，知其人又知其心，况且又是自己从小至今相伴的亲妹，对她的信赖乃情理中事。最后，举一特例，来阐发上述之意。说她以已故君父的治国谋略来勉励"我"。可见她心中时刻为念者，乃国家的治理。这样，就将她的所见所识之非同一般，其涵养与品格之高尚，做了具体化的表现，从而使她的人格得到完美的

燕燕

体现。

最后,需要一提的是,诗中"瞻望弗及,伫立以泣"之句意,很为后人所赞赏。后人从中受到启发,吸取其意,加以创新而不失精彩。钱锺书先生在《管锥篇》第一册"送别情境——《诗》作诗读"中列举历代之句例,如明代何景明《河水曲》"君随河水去,我独立江干"等,说明都是远承其意。可供参考。

凯　风

凯风自南①，吹彼棘心②。棘心夭夭③，母氏劬劳④。

凯风自南，吹彼棘薪。母氏圣善⑤，我无令人⑥。

爰有寒泉⑦，在浚之下⑧。有子七人，母氏劳苦。

睍睆黄鸟⑨，载好其音⑩。有子七人，莫慰母心。

注　释

①凯风：南风，为温和之风。
②棘心：酸枣树的嫩芽。
③夭夭：树木嫩壮的样子。
④母氏：母亲。氏为助词。劬(qú)劳：辛劳。
⑤圣善：聪慧善良。
⑥无：不。令：善。
⑦爰：句首语助词，无实义。
⑧浚：城邑名。在今河南濮阳南。
⑨睍睆(xiànhuǎn)：美丽。黄鸟：黄雀。
⑩载：传送。

题　解

这是一首儿子以自责之词,婉转规劝其母安心家事,不另择偶婚嫁的诗歌。此诗歌写于西周时期,当时朝廷提倡年轻人走出家门,自由择偶婚恋。即使对丧偶鳏寡之人,也同样提倡如此行事。这是本诗的社会背景。诗歌的主要内容是说,母亲聪慧善良,为养家糊口,十分辛劳,而作为儿子却不能体贴、有所分担,以使母亲得到安慰。儿子的体贴情意充满于全诗。

赏　析

本诗可注意之处,主要有两方面。

第一方面是,诗歌的侧重点,在于这位已有七子的母亲还想择偶婚嫁。我们根据诗歌内容看,她无疑是一位丧偶的女子。因为,诗中没有一点迹象透露家中还有丈夫,或丈夫还在世。若从情理上分析,也同样不存在这种可能性。既然她已是丧夫者,则可以按照《周礼》媒氏之令(见《摽有梅》注释⑥),重新择偶婚嫁,更何况家有七子需要抚养。我们这样说,主要是根据孟子对这首诗的评论。有一位高先生问孟子:"《凯风》这首诗,为什么做儿子的不怨恨母亲呢?"孟子回答说:"那是由于母亲的过错小。"(见《孟子·告子下》)认定是过错,只是不大而已。至于是什么过错,没有说。汉代的《毛诗序》提出了一种看法,认为这首诗的创作是在赞美孝子。他们的母亲虽然已有七子,还是不能安心于家。孝子则尽其孝道,用以安慰母亲。这样的解释,可以认为是与孟子的理解一脉相承的。并且孟子的理解,也正是反映了对这首诗的传统共识。那么,孟子为什么说这位母亲是犯了小的过错呢?问题的症结就在这里。儒家注重"名分",而孟子已处于战国中期,并且以继承孔子儒家学说的学者自居。而这位母亲却不安其分,做母亲而不像做母亲的样子,这是对于"名分"的大违背,而孟子却只说她犯了小过错,这就让人不解。实际上,这暴露出他的矛盾心态。因为,若按照儒家的主张,他势必要谴责她大逆不道。然而,若按照《周礼·媒氏》之言,她的做法,正是按"媒氏"之"令"行事。

第二方面是,七子之意图是在规劝,而规劝之意却并不见于诗中。诗中主要表达的是赞美母亲的聪慧善良和劳苦,同时责备自己品行不良,不能使母亲得到安慰。这样的表述，正好反映了七子对母亲的体贴，使她得到安慰，从而安心家事，打消其他的念头。可见，其手法是寄意于言外，将真实的意图隐去，让人体会言外之意，这也真是用心良苦了！若从艺术上分析，则体现了隐微含蓄的特色。另外，本诗之起兴，兴中含比，皆富有特色，这里不再赘述。

·凯风·

谷　风

　　习习谷风①，以阴以雨②。黾勉同心③，不宜有怒。采葑采菲，无以下体④。德音莫违⑤："及尔同死⑥"。

　　行道迟迟⑦，中心有违⑧。不远伊迩⑨，薄送我畿⑩。谁谓荼苦⑪？其甘如荠⑫。宴尔新婚，如兄如弟⑬。

　　泾以渭浊，湜湜其沚⑭。宴尔新婚，不我屑以⑮。毋逝我梁，毋发我笱⑯。我躬不阅，遑恤我后⑰。

　　就其深矣⑱，方之舟之⑲。就其浅矣，泳之游之⑳。何有何亡㉑，黾勉求之。凡民有丧㉒，匍匐救之㉓。

　　不我能慉㉔，反以我为仇。既阻我德㉕，贾用不售㉖。昔育恐育鞫㉗，及尔颠覆㉘。既生既育㉙，比予于毒㉚。

　　我有旨蓄㉛，亦以御冬㉜。宴尔新婚，以我御穷㉝。有洸有溃㉞，既诒我肄㉟。不念昔者，伊余来墍㊱。

注　释

①习习：风连续不断地吹。谷风：山谷的风。

②以……以……：意如"又……又……"。

③黾(mǐn)勉：勉力。

④以：连及。下体：指它们的根茎。句谓当摘取葑或菲的菜叶时，不可损伤到它们的根茎。比喻夫妻相处，不可损害夫妻关系的根本。

⑤德音：指丈夫以前对于双方关系的许愿。

⑥及：与。尔：你。句意是说，与你共

生死。这是当初所许之愿。

⑦行道:行走在道路上。迟迟:缓慢的样子。

⑧中心:心中。句意谓违背自己的心愿。

⑨伊:语助词。迩:近。

⑩薄:语助词。畿(jī):邑里之门。

⑪荼(tú):苦菜名。

⑫荠:荠菜。

⑬句谓亲密得犹如亲兄弟一样。(按:古时人们认为人际关系在同一辈中,以兄弟为最亲。)

⑭湜湜(shí):清澈的样子。沚(zhǐ):是"止"字之误,当更正。止:底部。两句意思是说:"泾水"以为"渭水"污浊,而渭水则清澈见底。这里是以"泾水"喻其丈夫,以"渭水"自喻。"泾水"自身污浊,却反诬"渭水"污浊,然而"渭水"却是清澈见底。

⑮屑:清洁。此句是"不以我屑"的倒装句。

⑯毋:不要。梁:在水流中设置的用以拦鱼的栅栏。发:打开。笱(gǒu):竹制的捕鱼器具。

⑰遑(huáng):闲暇。恤:忧虑。后:指此后家中之事。

⑱就:遇到。其:指河流。

⑲方之:谓用筏子渡水。

⑳泳:此谓潜水而行。两句是设比,谓因所经遇的河水有深浅之异,故渡水的方法亦相应有别。以此说明,往日自己于家务事应随机应变。

㉑句谓不论家中有无财物。

㉒民:指他人。丧:灾祸。

㉓匍匐:形容全力以赴的样子。

㉔畜(xù):好。句谓不能喜好我。

㉕阻:拒绝。德:情意。

㉖贾(gǔ):出卖。用:因而。此为设喻,意思是,你拒绝我的情意,好像商人的商品无法销售一样。

㉗育恐:生活在恐惧之中。鞫(jū):穷困。育鞫:生活在穷困之中。

㉘及:与。颠覆:倒下。意思是生计陷入绝境。

㉙既:已经。生、育:生活。

㉚毒:毒物。

㉛旨蓄:可口味美的冬菜。蓄:备冬天食用的菜类。

㉜御冬:抵御冬天缺乏新鲜蔬菜。

㉝御穷:抵御穷困。谓可使自己度过穷困的日子。

㉞洸(guāng)、溃:两者指灾祸。洸:疑为"荒"的假借字,指饥荒。

㉟既:尽。诒:给。肄(yì):劳苦。句谓将劳苦之事尽安排给我。

㊱伊:维。塈(jì):休息。句谓只让我休息着。

·谷风·

43

题 解

这是一首描写一位勤劳善良的女子遭其丈夫遗弃而发泄其怨愤的诗歌。在我国古代,因为妇女在家中没有独立的地位,所以被遗弃,这种情况是十分普遍的现象。此诗,当是诗人有感于此种不平等的现象,为之不满,而为她们抒发心声。女主人公被迫离家后,一路上回忆自嫁入夫家之后,自己如何勤恳地操持家务使家庭摆脱困境;可是,在生活得到改善以后,丈夫又怎样刻薄相待,背情新娶。其心酸痛恨,琐琐碎碎,倾吐难尽。

赏 析

本诗所写的女主人公的遭遇,在我国古代社会具有一定代表性。所反映的她的性格,具有两个明显的特征:一是勤劳,在持家上刻苦耐劳;一是软弱,对加于自身的屈辱,一味地忍受。这是她的个性,也是古代许多与她相同处境的妇女的共性。前者表现在她承担着家中的一切劳动事务,其丈夫将她视为牛马,是一时抵御贫穷的工具。诗中提到的就有修梁捕鱼、腌制冬菜之事。从家境贫寒到能过上一般生活,她不惜身心交瘁,集中体现了刻苦耐劳的优良品质。后者表现在她对于丈夫的欺压,逆来顺受。最为突出的事例是,丈夫已经新娶,她竟然哀求让她在家中保留一席之地,以便苟且生活。

本诗在抒情情节的安排上,可谓别出心裁。首先表现在首章内容的隐约而富于悬念。它只说丈夫在发怒,而妻子劝其息怒。究竟为什么要发怒?又为什么要劝其息怒,未做交代。这是夫妻间最后的一次正面接触,其意义当非同一般。其实,这是诗人安排的倒叙情节。注意到全诗共六章,而此下五章都写她被逐出家门之后,一路上的回顾:她之所忆、所思、所怨、所不平。应该说,这是全诗抒情的主要情节。而首章则是在离家前夕对于刚刚发生的一幕的回忆。就是丈夫"怒"其不走,而她则劝他冷静下来,顾念往日的诺言,不要违背。当然,这只是她的空想而已。这一幕实在太可怕了,使她痛彻心扉,一路上,它还在噬咬着她的心。这一情节既然如此紧要,又是她一路上挥之不去的阴影,所以诗人将它安排在首章,用倒叙手法,突出地表现。

再从艺术性上来说,首章开头写山谷阴冷的风不停地在吹着,天气一会儿阴暗,一会儿下雨。以此起兴,就为她被丈夫怒逐和她苦苦哀求的场面勾画了一种凄凉的气氛,从而为整首诗的抒情蒙上了一层悲哀的色彩。不仅如此,我们还可以设想,这一镜头会在此下的抒情情节中反复出现,以加强抒情的效果。诗人的这种构思,避免了平铺直叙的平淡,出人意表,堪称精彩。

谷风

简　　兮

简兮简兮①，方将《万舞》②。日之方中，在前上处③。

硕人俣俣④，公庭《万舞》⑤。有力如虎，执辔如组⑥。

左手执籥⑦，右手秉翟⑧。赫如渥赭⑨，公言锡爵⑩。

山有榛⑪，隰有苓⑫。云谁之思⑬？西方美人⑭。

彼美人兮，西方之人兮。

注　释

①简：据前后句意，似为表演《万舞》的领舞者之名。
②《万舞》：一种大型舞蹈的名称。包括武舞与文舞两部分。
③句意是说，此领舞者处于舞蹈队列的前上方。
④硕人：身材高大之人。指领舞者。俣俣(yǔ)：魁梧的样子。
⑤公庭：国君的朝廷。此国君，当指卫国国君。(按：《万舞》的团队，最初是属周王朝所有。故此团队乃接受邀请而前来。至春秋时期，则各地有效法而自行组建的。)

⑥辔(pèi)：马缰绳。组：丝带。句意是说，领舞者手执马缰绳，好像拿着轻柔的丝带一样。形容其动作轻快。两句是描写表演武舞。
⑦籥(yuè)：乐器。
⑧秉：拿着。翟(dí)：野鸡尾巴上的长羽毛。这两句是描写表演文舞。
⑨赫：红色。渥(wò)：涂。赭(zhě)：红土。
⑩公：卫国国君。锡：赐。爵：饮酒器。意谓赏赐给他(领舞者)一爵酒，让他饮用。
⑪榛(zhēn)：一种落叶小乔木，果实叫

榛子。

⑫隰(xí):湿地。苓(líng):甘草。

⑬云:句首语助词。

⑭西方美人:指来自西方周王朝的领舞者。两句意思是说,这位领舞者让人思念不已。

题 解

这是一首描写《万舞》,且主要是对领舞者赞美之诗篇。此舞产生于西周王朝,其舞蹈动作技艺固已不可知,而其表现内容,则除了知道它包含武舞与文舞两部分之外,亦已不知其详。可能是反映与歌颂周文王、周武王文治武功的。从本诗可以得知,参舞者人数众多,队列庞大,气势显赫。在西周时期,此乃属于王朝所有的一支专业团队,因其表演精湛,故名扬天下,人们以一睹为快。而其领舞者,其外貌与舞蹈技艺必定是十分完美,让观众无比喜爱,故此诗即以赞美他为主题。当然,读者由此亦可借以想见表演场景之全貌,而得其仿佛。

赏 析

这首诗,可谓是艺术珍品。这是因为:第一,它具体描写了《万舞》的舞蹈动作,展示了它的表演技艺,尽管只是片段的,可是却是最早又是最形象的见于文献的记载,所以是难得珍贵。第二,它记载了还没有发生"礼崩乐坏"之前,《万舞》的组织所属与其活动行迹的原始资料。对照社会发展到春秋时期的变化,就为"礼崩乐坏"之说,提供了一个明显不过的例证。这对研究文艺发展史与相关的历史,具有无可比拟的价值。

再从描写《万舞》的表演艺术方面看,它不仅表现了武舞与文舞的不同形式,而且展现了它们富于美感的动作。武舞者两手分别拿着斧钺(诗中其文从略,而从下文所述中自可知之)和马缰绳,文舞者两手分别拿着籥和翟。武舞者一手执斧钺,其动作是有力如虎。一手握着缰绳(演示驾着马车),其动作又显得十分轻快,宛如拿着丝带一般。这就展现了刚健和柔顺两者兼容于一身的动态美。这样的舞蹈动作当有很大的难度,演员若不是训练有素,是无法胜任的。再看文舞,只说表演者手中拿着籥与翟两种舞具,想当然其动作必定很为柔美。相对于武舞的刚猛,就显得优雅。武舞、文舞两者相配合,其场面自然动人心魄,令人赞不绝口。

　　我们还可以注意到的是,诗人虽然是要描写大型的舞蹈场面与众多演员的表演,然而诗中却只突出地表现领舞者的形象。写他在舞列中所站立的方位、他的优美身材、他的舞姿(按:他不可能同时表演武舞与文舞,故有可能先后分别领舞武舞与文舞,或只领舞武舞)、他最后接受国君的赐爵。这是什么原因呢?对此,只可能从诗人运用"以点概全"的表现手法去理解。在短短的一首诗歌中,要容纳《万舞》之规模,势必是困难的。突出其显要者,其全貌则让读者自己驰骋想象力去理解,从而得其仿佛,未尝不是一种好的方法。诗文之结束,将"西方美人"做一回环反复,如此则使诗歌韵味隽长。

北　门

　　出自北门，忧心殷殷①。终窭且贫②，莫知我艰。已焉哉③！天实为之，谓之何哉④！

　　王事适我⑤，政事一埤益我⑥。我入自外，室人交遍谪我⑦。已焉哉！天实为之，谓之何哉！

　　王事敦我⑧，政事一埤遗我⑨。我入自外，室人交遍摧我⑩。已焉哉！天实为之，谓之何哉！

注　释

①殷殷:同"慇慇",忧伤的样子。
②窭(jù):因为贫穷无法讲究礼节。
③已焉哉:为叹息词。已:止,犹言"罢了"。
④谓之何哉:能说什么呢？
⑤王事:朝廷的差事。适:通"擿(掷)",推给。
⑥一:都。埤益我:谓加给我承担。埤(pí):与"益"意同。
⑦室人:家人。交:一个一个地。遍:全。谪:责备。
⑧敦:加。
⑨遗(wèi):加给。
⑩摧:讥刺。

题　解

　　这是一首描写一个承担着朝廷差事的低级别的公务员不堪公务与家事的负担,而发泄其怨愤的诗篇。它以第一人称来表达,可能是有相同经历和处境的人。公务繁多而收入微薄,这是许多低级别的公务员的共同遭际,故其形象具有一定的代表性。诗的内容,写公务繁多,但收入无以济家,主人公归咎于天意不公,使读者感到天意与家庭对主人公都刻薄无情,使他陷入苦难的深渊。

赏　析

　　我们阅读此诗,深切感受到此人对于使他遭受困迫的公务、家人和天意三者的不满情绪,而如果深入一层去体会,则觉察到诗人实际上是通过这一形象对此三者都加以否定,态度是十分鲜明的。这样理解,方能发现本诗的不平常价值。

　　从公务这一层面上分析,它揭示了公务员阶层承担公务的劳逸不均。所谓逸者,即指那些地位高而任事轻松的官吏。所谓劳者,指那些地位低而任事繁多的公务员。任事如此,而他们的收入却逆差悬殊,即逸者甚高而劳者甚低。致使劳者微薄的收入无以接济家庭,养家糊口。本诗所写之人,就属此种类型。这在当时与往后社会中是司空见惯的现象,或者可以说,它倒是常例,不足为怪。对于此种不公平现象持否定态度,当然是无可非议的。

　　从家人这一层面上分析,诗人对家人的冷漠势利持否定态度。收入微薄,无以接济家庭,致使家人忍饥挨饿,这完全是出于无奈,他已竭尽其力,并非是他的过错。家人不能体贴安慰、和衷共济也罢了,而全家人异口同声地指责、讽刺,这还有什么人心,还有什么人情?与伦理道德完全背道而驰。世态炎凉,人情冷暖,于此可见一斑。对待克尽其力供养家庭的亲人,反视为冤家仇人,道德沦丧到此种地步,岂能容忍?诗人出于正义感,将之揭示于世,加以贬责,以弘扬正气,这是完全正确的。

　　从天意这一层面上分析,诗人对天意持否定的态度。诗人已竭尽其力,而至于贫困潦倒,无以为生,这都是天的作为。说天道昭昭,却为什么要使善良的人蒙受这样的苦难？还能说什么呢？无话可说,只能归咎于天道的不公。在当时,能怀疑天道的存在,以致否定天道,这是一种先进的意识。汉代的司马迁由其自身的痛苦经历,联系到历史上众多的事例,在《伯夷列传》中说,有人说:"天道对于人没有亲不亲的,常会帮助善良的人。"那么,如伯夷叔齐可以说善良的人了,不是吗？满怀仁爱之心,行为廉洁如此,却是饿死之结局。司马迁说,他十分地疑惑,如这所说的天道,是对的呢,还是不对的呢？可以认为,司马迁与本诗作者在这个问题上的观点是相一致的。综上所述,应该认为诗人对此三者的否定,体现了他有胆有识,其价值不能小视。

·北门·

静　女

静女其姝①，俟我于城隅②。爱而不见③，搔首踟蹰④。

静女其娈⑤，贻我彤管⑥。彤管有炜⑦，说怿女美⑧。

自牧归荑⑨，洵美且异⑩。匪女之为美⑪，美人之贻。

注　释

①静女：文雅的女子。姝(shū)：美丽。
②俟(sì)：等待。城隅(yú)：城墙转角处。
③爱：假借作"薆"，隐蔽。
④踟蹰(chíchú)：来回走动。
⑤娈(luán)：美好的样子。
⑥贻：赠送。彤管：一种红色的管子。
⑦炜(wěi)：红色鲜明的样子。
⑧说怿(yuèyì)：喜悦。说、怿同义。女(rǔ)：同"汝"，你，指彤管。
⑨牧：郊外。归(kuì)：同"馈"，赠送。荑(tí)：初生的嫩茅草。
⑩洵(xún)：确实。
⑪匪：同"非"。女：指荑言。

题　解

　　这是一首描写一对青年男女自由恋爱的诗歌。诗歌写的是民间男女,从男子的角度来写,写他与女子的几次约会,写女子的馈赠等情节,写出了二人亲密无猜,情投意合,反映了当时当地自由恋爱的风俗。

赏　析

　　本诗有两个方面值得注意。

　　第一个方面是,首章写他们在约会中如何逗乐,这是别开生面的,然而收到很好的效果。在约会的地点,女子先到,却故意躲藏起来,以观察男子的反应。结果他来了,不见她的身影,心生疑惑,不禁搔头,来回走动,不知所措,一副无奈的样子,憨态毕现。这就将两个人都写活了。后来怎么样,没有写。或者女的走了出来,或者男的发现了她,于是会心而笑,意外欣喜,其乐融融。这就显示了他们的活泼可爱。正是这样的嬉闹,加深了感情,为爱情增添了色彩。而且,诗人写这一情节,目的是要显示他们的亲密融洽,为全诗创造了一种欢乐的氛围。

　　第二个方面是,第二、三章写他们的两次约会。每一次,女子都有所馈赠。对于赠品,男子都十分喜爱。可是赠送了什么呀?第一次是一根红色的管子,是最普通不过的。男子却非常欣赏,发觉它泛着红光,而且挺美。第二次是一根初生的嫩茅草。他也发觉它挺美,而且不同一般。最后说,实在并不是它们有什么美,由于它们是美人赠送的,所以才显得美了。这是"移情"作用的效果。对于恋人的爱,转移到了相关的物品上,所以连最不起眼的东西,也觉得可爱;将欣赏恋人的美,转移到了相关的事物上,也觉得美。"移情"作用有如此神奇的效果,诗人是将它夸张到了极点。然而,这中间也包含着一定的道理。恋人所看重的是感情的真挚,而不是礼品的轻重贵贱。诗中所写的彤管与茅草之例,正是揭示了这样的道理。可以说,其含意是十分深刻的。

静女

新　　台

新台有泚①，河水弥弥②。燕婉之求③，籧篨不鲜④。
新台有洒⑤，河水浼浼⑥。燕婉之求，籧篨不殄⑦。
鱼网之设，鸿则离之⑧。燕婉之求，得此戚施⑨。

注　释

①泚(cǐ)：鲜明的样子。
②弥弥(mí)：大水茫茫的样子。
③燕婉：美好的样子。
④籧篨(qúchú)：一种腰部有疾病、身体不能前俯的人。在此用于比喻卫宣公，说其年纪大而形貌丑陋。不鲜：心地不善良。
⑤洒(cuǐ)：高峻的样子。
⑥浼浼(měi)：水满而平的样子。
⑦殄(tiǎn)：善良。
⑧鸿：大雁。离：遭遇。
⑨戚施：驼背。用意与"籧篨"相同。

题　解

这是一首讽刺卫宣公在为其子迎娶新妇前夕将新妇据为己有之诗。此事件发生在春秋时期。据史料记载,卫宣公将要为其子伋娶齐国之女为妻,听说齐女长得俊美,即生非分之心,欲自己占有。于是在所途经的黄河北岸修筑新台,以资炫耀。此事引起国人的不满与厌恶,故托为新妇之口,抒其怨愤,以表谴责。

赏　析

这是一件有历史记载的真实事件。卫宣公之举,全然置伦理于不顾,为所欲为,毫无顾忌。对应春秋时期所谓的"礼崩乐坏",这又是一个明显不过的例子。史学家将它记述下来,说明此种事例即使在当时也不多见。卫国人因之反感,以诗歌形式讥讽,表示唾弃,乃是情理中之事。那么,为什么要将他说成是一个有残疾而形貌丑陋的人呢?这里就反映了一种美学观点。看待一个人美不美,不是只看外表,而要内在美和外表美相结合,且要以内在美为主。即一个人的道德素养愈高,才会发觉与赏识真善美的东西,对其倍加珍惜。对于外物就看得愈轻,乃至没有分量和价值,也看不到有什么美可言了。这种破俗之论,有利于提高世人的素养和审美意识。

在对新台与河水的描写上,诗人用"新台有泚""河水弥弥""河水浼浼"三句,首先勾画新台在河中的倒影,说它十分鲜明;然后描写黄河水势茫茫一片,辽阔无垠;河水盈满,托浮云天。这样就全面地展示其浩瀚的气势,以此来烘托新台之美不胜收。可是,在这里将发生一件极不光彩的事情,这就起到反衬的作用。

柏 舟

泛彼柏舟,在彼中河①。髧彼两髦②,实维我仪③。之死矢靡它④。母也天只⑤!不谅人只⑥!

泛彼柏舟,在彼河侧。髧彼两髦,实维我特⑦。之死矢靡慝⑧。母也天只!不谅人只!

注 释

①中河:黄河中。
②髧(dàn):头发下垂的样子。两髦(máo):髦指古代未成年男子垂在前额而齐眉的头发。因其分开于两边,故称两髦。
③维:为。仪:配偶。
④之:至。矢:发誓。靡它:无其他意向。意谓认定此男子。
⑤也:表示感叹。只:表示感叹。
⑥谅:体谅。人:指自己。
⑦特:配偶。
⑧慝(tè):通"忒",更改。

题　解

　　这是一篇写一少女因其母不允许她所选择的配偶而表示至死不渝之决心的怨愤诗。诗取首章首句之名词为题名。它与《邶风》中的一篇同名，而且连首句亦相同，这是什么缘故呢？关于前者，这或许与它们分别出现在不同的"风"类诗中不致会造成混淆有关；关于后者，这显示出编辑《诗经》经统一加工的痕迹，它不避讳相同的句子。上述现象，在整部《诗经》中也并非是个例。男女双方谈恋爱而自行选择配偶，很可能会引起家长的反对。因为到了一夫一妻制时期，婚姻虽以男女互爱为基础，但是必须征得父母的意见。男女青年与其父母意见不一是常有之事。这是因为择偶的要求不同，也可能与家长看法的不同有关。诗人同情少女的遭遇，所以以她的口吻，表示对母亲干涉的不满和她的强烈的心愿、坚定的意志。此位诗人之名与写作时间不可知。

赏　析

　　诗中的少女对已确认的配偶决不因母亲的反对而改变，我们为她的坚定意志所深深感动。那么在诗中，是怎样突出这一意愿的呢？她以死明志，发誓至死不变。这就意味她将会殉情，态度可谓是斩钉截铁。论关系，自己与母亲最为亲密；据伦理，母亲在家中处于尊位，而现在，这些都已在所不顾。自主意识的觉醒，这是一种进步，值得正视和尊重。此少女的精神，是异常珍贵的。此诗得以流传，并为采诗者所采取而编入《诗经》，正好说明其为人们所广泛认同，实际上是赞扬并提倡此种精神。

　　另外，注意到这少女在呼喊母亲不能体谅她的同时，又呼喊天不能体谅她，这是为什么呢？因为天与母亲取同一态度。那么，在她心目中，这天意味着什么？显然，她认为这"青天"不仅是有意志的，是人们的最高主宰，而且是主持正义的至高无上的裁判，会给人们带来光明。可是，如今却也不能善解人意，从人所愿。她恍然醒悟，所以对它也表示不满。这真是胆大妄为，无所畏惧了。如此觉悟，这在当时已属难能可贵，应该充分地肯定。

　　此诗在表现手法上，用重章叠句的方式，非常突出。前后两章，只改换了三个字，而且意思亦相近或相同。可以想见，在歌唱表演时，能充分显示出回环往复之美感，表现效果亦因此得以加强。

·柏舟·

墙 有 茨

　　墙有茨①，不可扫也。中冓之言②，不可道也③。所可道也④，言之丑也。

　　墙有茨，不可襄也⑤。中冓之言，不可详也⑥。所可详也，言之长也⑦。

　　墙有茨，不可束也⑧。中冓之言，不可读也⑨。所可读也，言之辱也。

注 释

①茨（cí）：草名，亦称蒺藜。一年生草本植物，蔓生，所结果实皮上长有尖刺。

②中冓（gòu）之言：指在宫廷之室中的一些不知羞耻的话。

③不可道：意思是他人无法说。

④所：犹"如"。

⑤襄（xiāng）：除。

⑥详：细说。

⑦长（zhǎng）：通"张"，张扬。意思是倒在张扬。

⑧束：捆缚。意思是想捆缚而除去。

⑨读：诵读。意思是像诵读一样，仿照其原话反复说。

题　解

　　这是一首暴露卫王室的污秽内幕的诗篇。卫国宫禁内部昏暗，举事不知廉耻，名声甚为恶劣。本诗反映其内部污秽之言外泄，闻之者十分厌恶，本诗作者亦当是有所听闻，故寄情于笔端，加以暴露和讽刺。诗中没有暴露污秽之言本身，因为诗尚洁，不堪言，故避讳之。诗人对其人冷嘲热讽之语气，体现了鄙视厌恶之情。

赏　析

　　诗中所强调的是中冓之言的不可言（按：所谓"不可详""不可读"，其意相同），此为其侧重点。这是为什么呢？作者意在突出其不堪启齿，不堪入耳；言之闻之，反使自己变得丑陋，蒙受耻辱，故正经之人忌讳，可见其污浊到什么程度！而宫廷中某些人言之闻之，却已习以为常，正可见其恬不知耻到什么程度。故虽然不揭露其所言，而其事也已了然若揭。用隐晦含蓄的手法，达到使事实昭然的目的，可见诗人巧妙之用心。

　　再说，诗歌为什么要用茨起兴呢？这可能是因为它是蔓生植物，果实又长刺，所以很难清除。用茨以比喻污秽之言，闻之者刺耳，而其事在社会上流传，很难消除，可见其影响之恶劣。

　　本诗共三章，而亦用重章叠句的手法，每章只改动四个字，而其意则大致相类。其中也有所递进的，如每章之末句，言"言之丑""言之长""言之辱"。丑谓使自己变得丑陋，长谓倒反为之张扬，是从反面效果说。辱谓使自己蒙受耻辱。变得丑陋，亦即蒙受耻辱。

　　此篇编入《诗经》，又印证了编集者对在朝统治者的丑恶之事深恶痛绝，必将之公布于世，以达到弘扬正气、剔除邪恶的目的，以有益于社会的进步。

相　　鼠

相鼠有皮①，人而无仪②。人而无仪，不死何为？

相鼠有齿，人而无止③。人而无止，不死何俟④？

相鼠有体，人而无礼⑤。人而无礼，胡不遄死⑥？

注　释

①相：视。
②仪：仪表。
③止：举止。
④俟：等待。
⑤礼：行为规范。
⑥胡：何。遄(chuán)：快。

题　解

　　这是一首讽刺无礼者的诗歌。社会进入文明时代,讲究礼仪成为文明的一大标志。但是,与之相反,不讲文明礼仪之现象,亦同时存在。其间就会相互抵制斗争。本诗所反映的正是主张文明礼仪者对不文明无礼仪者的谴责与讽刺。作者对之疾恶如仇,故言辞尖刻,语气激烈。诗歌的作者不可知。此诗作为民歌,在地方上广为流传,充分说明民间崇尚礼仪的优良风尚。

赏　析

　　此诗的主题是对不文明无礼仪者的谴责与讽刺。诗人为什么要以老鼠起兴呢?寓意是指此种人实际上与老鼠没有区别,说明对他们极端鄙视。老鼠有皮肤,为人若有失仪表,则与只有皮肤的老鼠有何区别?老鼠有牙齿,为人若有失举止,则与只有牙齿的老鼠有何区别?老鼠有身体,为人若有失礼节,则与只有身体的老鼠有何区别?一句话,人若有失礼仪,徒有肢体,则与只有肢体的老鼠有何区别?

　　再则,诗人为什么要说人而没有礼仪,理该快死呢?问题何至于严重到如此地步呢?这是由于他清醒地意识到,有礼仪、讲究文明和无礼仪、行为野蛮两者是势不两立的,两者互为消长。如果听任后者泛滥,成为社会的莫大祸害,则前者必然反被压制,人民受殃,民族蒙耻。这样看来,此种人活在世上,对他人对社会都会造成危害。与其如此,倒不如让他们快死。这诅咒之言并不高雅,无非反映了一种情绪而已。并且,我们还要看到,对此种势力的斗争,必将伴随社会的发展而同时存在,一直要到理想的大同社会。

　　那么,这礼仪为什么对人、对社会如此重要呢?这就关系到对它的全面认识。所谓礼仪,它包含着内在的品德涵养与外在的表现两方面,两者必须结合才是完美的。假若徒有其表,追求形式,则落为俗套,滋生浮夸虚假。孔子说:"礼云礼云,玉帛云乎哉?"(《论语·阳货》)就是说,礼,不是仅仅指玉帛这样的礼品而说的。孔子是对人际交往而说的,形式必须是真实情意的体现。而就一个人而言,亦同样。内在的品德涵养与外在的表现两者必须相结合。有了内在的品德涵养,它必定会在外表上表现出来。其仪表神色,举止行为无不自

·相鼠·

61

然显露。假若只注意外在表现,而忽视内在的品德涵养,则是不得要领,是求其次而弃其主,求其枝叶而弃其根本。我们平时所说的彬彬有礼、仪表堂堂,所说的礼仪之邦、文明之国等,意思是无论个人,还是国家,都要求在这两个方面完美体现。这也是本诗作者所言之礼的确切内涵。

诗人感情激越,语词尖刻,这是很明显的特点。而他以老鼠起兴,同样体现了他对此种人鄙薄的感情色彩。老鼠是人人厌恶的动物,它不仅到处作恶,而且形象也十分丑陋。说无礼者与老鼠没有区别,讽刺之辛辣已无以复加。

载 驰

载驰载驱①,归唁卫侯②。驱马悠悠③,言至于漕④。大夫跋涉⑤,我心则忧。

既不我嘉⑥,不能旋反⑦。视尔不臧⑧,我思不远⑨?

既不我嘉,不能旋济⑩。视尔不臧,我思不閟⑪。

陟彼阿丘⑫,言采其蝱⑬。女子善怀⑭,亦各有行⑮。许人尤之⑯,众稚且狂⑰。

我行其野,芃芃其麦⑱。控于大邦⑲,谁因谁极⑳?大夫君子,无我有尤。百尔所思㉑,不如我所之㉒。

注 释

①载:犹"乃"。驰、驱:指驾着马车奔驰。

②归:回到卫国。唁:吊唁。卫侯:指卫戴公。

③悠悠:遥遥。

④言:语助词。至:前往。漕:卫邑(今河南滑县城东)。

⑤大夫:许国大夫。跋涉:登山涉水。山行叫跋,水行叫涉。许国大夫赶来是要劝阻许穆夫人返回。这是因为,按礼,凡已出嫁他国者,只有奔父母之丧方可返国吊唁,如今卫戴公乃许穆夫人的同母兄长,故不可越礼而返。

⑥嘉:赞同。

⑦旋反:返归。

⑧尔:你们。不臧:不善。即所思所行都不好。

⑨不远:不从长远着想。许穆夫人去往漕地,不是只为吊唁,而在于共图复国之大事。
⑩济:渡河。由许至卫,要渡过黄河。
⑪閟(bì):周密。
⑫陟(zhì):登。阿丘:山丘名。
⑬蝱(méng):为"莔"假借字。药草名,即贝母。
⑭善怀:指怀念自己的祖国。
⑮行:作为。
⑯尤:过错。
⑰稚:幼稚。狂:轻狂。
⑱芃芃(péng):茂盛的样子。
⑲控:告诉。大邦:强大的诸侯国家。
⑳因:亲近。极:到。此谓求助于强大的诸侯国家。
㉑百尔所思:你们上百人所想到的。
㉒之:犹"为"。

题 解

本篇是许穆夫人指责许国大夫阻止她前往卫国吊唁的诗歌。此诗的作者即是许穆夫人。许穆夫人,出生于卫国,嫁于许穆公,故称。见于《左传·闵公二年》载:"许穆夫人赋《载驰》。"诗当作于卫立国于漕之时。许穆夫人在得知宗国卫被狄破之后,不顾礼节,急忙上路前往卫国,以便吊唁和商议救亡复国之事。对许国人的劝阻,则申述理由并加以指责。最终许穆夫人可能未能成行,故赋此诗以记其事,并抒其抑郁之情。

赏 析

此诗是许穆夫人所创作的抒情诗,这样的体例在《诗经》中是很少见的。诵读其诗文,她的形象也就突显了出来。她是一位感情丰富、又富于识见、敢于作为的女子,卓越秀丽,光彩闪耀,可谓女中俊杰。在诗中,她的性格主要从以下方面被刻画出来。

首先,她对自己的宗国怀有深切的感情。当她得知卫国已被狄人所破,臣民渡黄河后,急忙起身前往,希能共商救亡,以求复国之计,以此为她的神圣义务,当仁不让。这在当时是稀世之举动。按礼,女子在出嫁之后,已为他国之人,再不能自由地返回宗国探视,失去了自主权。作为国君夫人的人,只有在其父母死丧之时,才可前往奔丧。而如今死者是其同母之兄长,故不可前往。这是无可逾越的礼制条规。而许穆夫人呢，在一得知宗国危亡之消息时，心急如焚，完全弃之不顾。在她看来，挽救危亡乃首要之事，刻不容缓，自己当全力以赴。设想，要是她对于卫国不怀有如此难以割舍的血肉感情，她会有此种果敢的举动吗？

其次，她富于识见。她责问许国大夫，"我"的想法不深远吗？不周全吗？你们上百人所能想到的，还不如"我"之所为。表现出她深思熟虑，充满自信，无可挑剔。那么，所谓深远指什么？周全又指什么？两者虽然有关联，然而其内涵则有所侧重。深远，主要是就救卫之事而言。即眼前卫虽败，然而放远眼光，则复国是可待之事。她认为，对于卫之败亡，诸侯国，特别是一些强大的诸侯国会出兵讨伐狄。一旦此事见诸行动，则驱逐区区之狄兵，当无大碍。在此愿望得以实现之日，再回头看看，是自己此种举动正确，还是被礼制所束缚而坐视不顾正确？何者为一叶障目，何者为深谋远虑？答案不是十分清楚的吗？据刘向《列女传·仁智篇》记述，许穆夫人为卫懿公之女，在少女之时，许国与齐国同时向其求婚。懿公打算将其许配给许国。她得知后，即让傅母告诉其父，说古时诸侯有女儿，即与大国攀亲。这样，日后遇到寇戎进犯之事，便可赴告大国，其女在其国，即可得到援助。现在所遇到之事，正相仿。放弃齐这样相邻近的大国，而答应许这样偏远的小国，这对于保卫国家安全不利。可见她在选择配偶上，早就以是否有利于卫国的安全为前提。反映出她颇有见地，有预知之明。今日之事，正可印证。可惜当时卫懿公不听，而将她嫁于许国。周全，主要是就华夷关系之大义而言。诸侯国都是姬周分封之国，抗击夷狄的入侵，例当同仇敌忾，责无旁贷。可见许穆夫人之所思，轻重分明，全面周到，无可指责。相比于许国之人，心胸狭窄，只顾忌小礼陈规，而抛弃大义于不顾。然而，在诗中只言及求助于诸侯救卫之事，此两点却仅点到，而没有深入展开，这是为什么？因为这是抒情诗，意在抒情，故以含而不露，意蕴词下为上，非同阐理之文，意在完备，两者有别。

再从诗歌所描写的情节来看，只截取她已上路，而许国大夫前来阻止一节。这是为什么？我们从事实这一角度去推测，在她得悉卫事之初，即匆忙出发，事不容缓。许穆公则认为于礼不宜，故急派大夫追返，于是就有途中之遭遇。后来怎么样？没有下文。暗示她不能成行。因为这是君意，不可违抗，故只得伤心返归。正因为这是事情发展的转折点，这一挫折，使她在心理上遭受莫大伤害，感情起伏，难以自已，以一吐为快。故独取此情节，谱写成诗，以达心意。

硕　　人

　　硕人其颀①，衣锦褧衣②。齐侯之子③，卫侯之妻④，东宫之妹⑤，邢侯之姨⑥，谭公维私⑦。

　　手如柔荑⑧，肤如凝脂⑨，领如蝤蛴⑩，齿如瓠犀⑪，螓首蛾眉⑫，巧笑倩兮⑬，美目盼兮⑭。

　　硕人敖敖⑮，说于农郊⑯。四牡有骄⑰，朱幩镳镳⑱。翟茀以朝⑲。大夫夙退⑳，无使君劳。

　　河水洋洋㉑，北流活活㉒。施罛濊濊㉓，鳣鲔发发㉔。葭菼揭揭㉕，庶姜孽孽㉖，庶士有朅㉗。

注　释

①硕人:身材高大的人。此指庄姜。颀(qí):身长的样子。
②衣锦:穿着锦绣之衣。褧(jiǒng)衣:用麻纱做的单罩衣。
③齐侯:齐庄公。子:女儿。
④卫侯:卫庄公,为卫国国君。庄姜嫁给卫庄公为妻。
⑤东宫:太子宫。为太子所居。此指代齐国太子得臣。庄姜是太子得臣的亲妹。
⑥邢侯:邢国的国君。邢国其地域在今河北邢台西。姨:妻子的姐妹。
⑦谭公:谭国的国君。谭国其地域在今山东济南龙山附近。维:犹"为"。私:女子称姐妹的丈夫。
⑧荑:茅草初生之花穗,用以比喻美人之手。
⑨凝脂:洁白柔滑的油脂。
⑩领:颈。蝤蛴(qiúqí):天牛的幼虫,身长圆而色白。

⑪瓠(hù)犀：葫芦的子瓣,洁白而整齐。
⑫螓首：比喻美女的额头宽而方正。蛾眉：比喻美女的眉毛纤细而长。
⑬巧笑：美好的笑容。倩：笑靥俏丽的样子。
⑭盼：目光流转的样子。
⑮敖敖：身材高大的样子。
⑯说(shuì)：通"税",停车休息。农郊：近郊。
⑰四牡：四匹公马。谓庄姜的坐乘由四匹公马驾驶。骄：马高大强壮的样子。
⑱朱幩(fén)：用红绸缠缚马口边的镳。镳镳(biāo)：美盛的样子。
⑲翟茀(dífú)：乘车后面的遮蔽物,用野鸡尾巴之长羽毛作装饰。女子乘车不可有所外露,车之前后都有遮蔽物。朝：来到卫国朝廷。
⑳大夫：指在朝的臣子。夙：早退朝。
㉑洋洋：水势盛大的样子。
㉒北流：向北流去。活活：水流之声。
㉓施罛(gū)：撒开大渔网。濊濊(huò)：撒网入水的声音。
㉔鳣：大鲤鱼。一说为大黄鱼。鲔(wěi)：鲤鱼的一种。发发(bō)：鱼尾触网发出的声音。
㉕葭菼(jiātǎn)：芦苇和荻。揭揭：高而长的样子。
㉖庶姜：众多相陪伴的姜姓（齐国国君姓姜）姑娘。孽孽：一说身材高大的样子,一说服饰华美的样子。
㉗庶士：众多护送的武士。揭(qiè)：威武的样子。

题　解

　　这是一首描写齐国公主庄姜出嫁卫国的诗歌。庄姜出嫁时间在公元前720年（鲁隐公三年）左右。《左传》于此年记载说："卫庄公娶于齐东宫得臣之妹,曰庄姜,美而无子,卫人所为赋《硕人》也。"其事于史确凿有据。诗歌的内容是描写她出嫁之情节,而不及其他,即写她身份之高贵,容貌之俊美,出嫁场景之壮观,旁及所经黄河之壮丽等,饱含赞美之情。这与《左传》所记不合。

赏　析

　　本诗最为人们所赞赏的是对庄姜之美的描写,这确实是精华所在。诗人先是分别描写她的手、肌肤、项颈、牙齿、额角和眉毛之美,然后描写她的笑容和目光之美。所写的手、肌肤等各项之美,确实是完美无缺,而实际上,则是在显示她无处不美,真是完美的化身。再转入写她的笑容之美:脸上挂着一丝美好的笑容,露出两个靥窝,十分俏丽。写她的目光之美:美丽的眼睛眼波飘忽流转。而实际上,则是在显示她的任何细微动作与表情都无不迷人。很明显,前者是写她的形态姿色之美,而后者则是写她的神色之美。对于前者,诗人采用静态写生的手法,逐一特写,可谓惟妙惟肖,亲切可感。而对于后者,则是采用动态勾画的手法,意在勾画出风韵神采。这样写,使形与神兼备,静态动态两相结合,相得益彰,尽得风流。而人们倍加欣赏的,却在后者。如清代姚际恒在其《诗经通论》中评论此两句说:"千古颂美人者无出其右,是为绝唱。"方玉润在其《诗经原始》中亦说:"千古颂美人者无出此二语,绝唱也。"旁批云:"传神阿堵(意思是传神正在这两句)。"欣赏之焦点在于它是传神之笔。得传神之妙,整个形象就生动活脱,个性就显得十分鲜明。当然,这需要以形体之美为条件,才可达到尽善尽美。刘勰在《文心雕龙·情采》篇中正是举本诗为例,而道出了两者互相依存的密切关系。他说:"夫铅黛所以饰容,而盼倩生于淑姿。"铅黛可以用来修饰容貌,以增姿添色,使仪表显得异常美丽。而笑容目光之美,却以美好的姿容为前提,方才能楚楚动人,富于魅力。用点睛的方法而达到传神的效果,创作之诀窍或许正在这里。

  对于此两句的欣赏,我们一直可以追溯到孔子及其弟子。《论语·八佾》篇有下面一节:子夏问曰:"巧笑倩兮,美目盼兮,素以为绚兮。何谓也?"子曰:"绘事后素。""礼后乎?"子曰:"起予者商也!始可与言《诗》已矣。"子夏引述《诗经》之文,与我们今天所见到的本子有所不同,多出"素以为绚兮"一句,这涉及版本等问题,在此不做探讨。此句与前面两句意思是相贯通的。孔子回答说素白的质地,然后加上彩绘。这样回答,好像是单就"素以为绚"做解释,而实际上不然,孔子是就前面三句从总体上说的。即笑之美在于倩,目之美在于盼。常识告诉我们,能笑与能视,乃是先天的自然本能,即素朴之本性。而笑之倩,目光之盼,却产生于后天,需经过滋养。这就犹如"素"与"绚"之关系。若徒有本素,而欲得倩盼之美,则有"效颦"(见《庄子·天运》)之效验可资谈笑。与西施同一乡里之丑女见西施之颦(皱眉),认为很美,于是她就仿效,结果非但不得其美,反而愈增其丑。人们一见而纷纷逃离,避之唯恐不及。相反,西施具倩盼之美,故虽因患心病而无意间皱眉,而其美不可夺。此虽为寓言,而实寓深意,我们从中可以看出人们的审美观是一脉相通的。

再说,对于此两者,倘若从结构艺术的角度来分析,它们是一种有机的组合。前者的描写,虽面面俱到,却给人以零碎的感觉,似乎一个个零配件是很美的。而只有有了后者之总率提挈,才通盘皆活。这不能不说它显示了诗人的功力。

再从描写庄姜的形体美这一方面看,诗人不做正面刻画,而全用比喻的手法。这是为什么?因为正面刻画,必然单调寡味,而借助形象的比喻,就具有直观性,鲜明生动,其效果是完全不一样的。

· 硕 人 ·

氓

　　氓之蚩蚩①，抱布贸丝②。匪来贸丝③，来即我谋④。送子涉淇⑤，至于顿丘⑥。匪我愆期⑦，子无良媒⑧。将子无怒，秋以为期⑨。乘彼垝垣⑩，以望复关⑪。不见复关，泣涕涟涟⑫。既见复关，载笑载言⑬。尔卜尔筮⑭，体无咎言⑮。以尔车来，以我贿迁⑯。

　　桑之未落，其叶沃若⑰。于嗟鸠兮⑱，无食桑葚⑲。于嗟女兮，无与士耽⑳。士之耽兮，犹可说也。女之耽兮，不可说也㉑。

　　桑之落矣，其黄而陨。自我徂尔㉒，三岁食贫㉓。淇水汤汤㉔，渐车帷裳㉕。女也不爽㉖，士贰其行㉗。士也罔极㉘，二三其德㉙。

　　三岁为妇，靡室劳矣㉚。夙兴夜寐㉛，靡有朝矣㉜。言既遂矣㉝，至于暴矣。兄弟不知，咥其笑矣㉞。静言思之，躬自悼矣㉟。

　　及尔偕老㊱，老使我怨㊲。淇则有岸，隰则有泮㊳。总角之宴㊴，言笑晏晏㊵。信誓旦旦，不思其反㊶。反是不思，亦已焉哉㊷！

注　释

①氓:指男子。蚩蚩:憨厚的样子。

②贸:交易。此谓物物交换。

③匪:同"非",不是。

④即:指接近。谋:指商议婚事。

⑤涉:蹚水过河。淇:水名。源于河南林县。

⑥顿丘:丘名。

⑦愆(qiān)期:拖延日期。据此,双方已在商议婚期,男子欲趁早完婚。

⑧良媒:好的媒人。女子认为,你自己匆忙来提亲,太突然。按常例,先有媒人作伐,事情会很顺利。

⑨将:愿,请。期:指婚期。

⑩乘:登上。垝垣(guǐyuán):毁坏的墙。

⑪复:往返,来往。此指前来。关:卫郊区之关卡。

⑫涟涟:流泪的样子。

⑬载……载……:犹"又……又……"。

⑭尔:你。卜、筮(shì):用龟甲或蓍草进行占卜,以预测所问之事吉利或凶险的方法。用龟甲称卜,用蓍草称筮。

⑮体:占卜时龟甲或蓍草所显示的兆象。咎言:凶险之言。

⑯贿:财物。迁:运往。

⑰落:落叶。沃若:新鲜润泽的样子。

⑱于嗟:感叹词。鸠:斑鸠。

⑲桑葚(shèn):桑树上的果实,紫褐色,酸甜可口。多吃有害。比喻女子执迷于爱情,会丧失理智。

⑳耽:谓沉溺于爱情的欢乐之中。

㉑说(tuō):通"脱",摆脱。

㉒徂尔:谓嫁到你家。徂(cú):往。

㉓三岁:多年。食贫:生活清苦。

㉔汤汤(shāng):水势浩大的样子。

㉕渐:打湿。帷裳:布幔。此句反映出女子已被男子所弃,而回娘家。

㉖不爽:没有过错。

㉗贰:谓行为有过错。

㉘罔:无。极:常规。

㉙二三其德:三心二意是其品行。

㉚靡:不。室:通"室",阻止。此谓停歇。句谓劳苦而不得停歇。

㉛夙兴夜寐:早起晚睡。

㉜靡有朝:不可能以后有一天会改变此种现状。

㉝言:句首助词。遂:如意。指实现结婚的愿望。

㉞咥(xì):大笑的样子。

㉟躬自:自身。悼:悲伤。

㊱及尔:和你。偕老:白首偕老,相伴终生。这是结婚当初的誓言。

㊲老:指"及尔偕老"的约言。句谓如今想到此约言,使我怨恨。

㊳隰:湿地。泮(pàn):同"畔",边沿。

㊴总角:年幼时,将头发扎成两小辫,形似两角,故作为年少的代称。宴:

欢乐。

㊵晏晏:温柔的样子。

㊶信誓:表达诚信的誓言。旦旦:明白的样子。反:违背。指违背誓言。从上文可知,他们不仅在年少时已相识,曾友好相处,而且已立下爱的誓言。

㊷已:止。焉哉:感叹词。句谓你违背誓言而不作考虑,我也作罢算了!

题 解

此篇是一首被丈夫遗弃的女子抒发其怨愤之情的抒情诗,题材与《谷风》相类似。虽然他们青梅竹马,自由恋爱而成为眷属,但女方还是遭到了男方的背弃。看来,这是一种普遍的社会现象。妇女由于没有独立的地位,所以无法摆脱这种苦难的命运。本篇所写的女子也正是一个有代表性的人物形象,具有典型意义。诗歌的内容,是女方通过对自己恋爱过程与婚后生活的回顾,指责男方背信弃义,诉说嫁非其人的悔恨和痛苦。

赏 析

本诗所描写的女主人公是一个值得同情,更应该赞赏的人物。她的性格非常鲜明突出,这表现在她婚前和婚后由于不同的经历,而判若两人。先说在婚前:她急切地追求爱情,沉迷于此而缺乏理智,故只获得短暂的快乐。他们的婚恋,从年少时即已开始,相处甚乐,故发誓缔结婚约。年长以后,男方又再来提亲,并商定婚期以完成嫁娶。这时候的她,天真单纯,一心渴望着美满幸福的爱情生活。而同时,她性格上的弱点,也得到了比较充分地暴露。她幼稚,遇事往往感情用事,显得轻浮,故而听人左右,一味地迁就而没有自主意识。如当她还年少时,即急于涉足恋爱,且起誓立约,以表终身无悔。这就显得幼稚轻率。之后,男方前来提亲并商量婚期,双方意见不一,男方居然动怒。这暴露了他不尊重对方,不通人情。而她呢? 不感到震惊,或流露不快,只是劝慰而已。这就显得软弱,不能自重。再如,处在热恋中的她,见到男方时,欢快固不必说;而见不到其身影时,竟至于痛哭流涕,不能自已。凡此,都说明她缺乏理智,陷入情网而不能自拔。这种性格上的弱点,就播下了婚后生活痛苦的种子,不仅得不到幸福,反倒备受折磨。

再说在婚后:现实生活的遭遇,使她在理智上觉醒。自嫁到他家之后,她为了修筑爱巢,付出了辛劳,这也是为了博得丈夫的体贴和感情。然而,事与愿违,这只是她的主观愿望罢了。现实却是适得其反。她没日没夜地劳累于家务,不指望有一天得到休息。而其丈夫呢?自娶到她之后,在家中就好像主子对待一个奴仆一样,竟以凶暴相待。现实的遭遇,使她美梦破灭,如同生活在噩梦之中。她的付出,得到的结果如此!于是她醒悟了!教训太沉痛了,她转而想到正处在热恋之中的女孩子们,可千万不要重蹈覆辙,而堕入苦难的深渊。于是,她向天下的女孩子们喊出了,不要沉迷于与男子的爱情之中而丧失理智,要不然,你是无法摆脱出来的!眼光从只看见自我到关注于天下的女孩,胸襟从只容纳自我到关怀天下的女子,这是思想境界的升华,多么难能可贵!她一旦明白自己是爱非所爱,嫁非其人,就在思想感情上与之一刀两断,这说明她在性格上变得沉着理智,趋向成熟。这与《谷风》中的女子忍辱负重成性,始终没有一点反抗意识,可谓大相径庭。

另外,诗歌在情节发展的处理上,有很突出的地方,值得品味。第一、二两章,写到成婚。可是婚后生活怎么样呢?没有一言半语提及,这是为什么?第三章是过渡之笔,转入诉说婚后的不幸遭遇。这过渡,真是别出心裁。先是托物起兴,以借劝鸠鸟不要贪食桑葚的语气,寄托自己一种后悔莫及的伤悲,再以将人生经验告诫少女的角度做侧面反映。这样,言虽未道及,而意却已独至。

伯 兮

伯兮朅兮①，邦之桀兮②。伯也执殳③，为王前驱④。
自伯之东，首如飞蓬⑤。岂无膏沐⑥，谁适为容⑦？
其雨其雨⑧，杲杲出日⑨。愿言思伯⑩，甘心首疾⑪。
焉得谖草⑫？言树之背⑬。愿言思伯，使我心痗⑭。

注 释

①伯：古时兄弟姐妹排行中年长者称伯。这里是借以称自己的丈夫。朅(qiè)：矫健英武的样子。

②桀：同"傑(杰)"，俊杰。

③殳(shū)：指武器。

④王：此指君王的军队。前驱：先头部队。

⑤飞蓬：蓬是草名，其花若柳絮，相聚而飞，故亦称飞蓬。句谓其头发散乱犹如一团飞蓬。

⑥膏：润泽面颊与头发的油脂类化妆品。沐：指洗发的用品。

⑦适(dí)：喜欢。为容：打扮容貌。句意是说，为谁看了喜欢而打扮容貌？

⑧其：表示推测或愿望的副词。

⑨杲杲(gǎo)：日出明亮的样子。

⑩愿：思念。言：句中助词，无实义。愿、思：两词意思相同，相重以加强语气，犹谓苦思焦虑。

⑪首疾：头疼。

⑫焉：哪里。谖(xuān)草：萱草。古人认为看着此草，可以忘掉忧愁，故称忘忧草。

⑬言：句首语助词。树：栽种。背：北堂。古人之居室，前面有堂，后面有房。房之后半为北堂。

⑭心痗(mèi)：心病。

题　解

这是一首居家的妻子思念出征在外的丈夫,以至于痛苦万分而无法排解的抒情诗。在那个时代,男子为王朝出征,或征战,或驻守边关,是通常之事。在外长年不归,或有去无回,也在所多见。因此之故,他们的妻子就只好孤守家门,落得个寂寞冷落的处境,凄苦难言。这种现象在当时很为普遍,故而《诗经》中以此为题材的诗篇,亦就频频可见。本诗写作的确切年代和其作者,亦不可得知。诗歌所写的女子,从其在家所事和居室的规格去看,当属于中层家庭。诗歌的第一章,是夸耀其丈夫是俊杰,因此而充当王朝军队的先头部队。然后用三章的篇幅侧重抒发自己对他的深沉思念和无法排解的痛苦。

赏　析

本诗主要是从在家的妻子这一角度,刻画她对服役在外的丈夫的深切思念。然而这种内心活动是很难表现的,诗人在这方面运用了颇具创意的表现手法,即从时间的层面与从心理承受力的层面,两者交织起来齐头并进地加以刻画。在时间的层面上,区分为短期、中期和长期。在心理承受力的层面上,区分为无心美容、头疼、心病。

先看第一层面:短时间的别离,她失去了朝夕相伴的丈夫,就觉得百无聊赖,一切都没有心思,连梳妆也提不起心来。人所共知,爱美之心人皆有之,而女子为甚,可以说是一种天性。而如今呢,她却漠然处之。从而表明,厮守相伴,对于她来说,是生活中不可或缺的。

再看第二层面:时间在推移,在这样的无奈中打发了一段日子以后,她的心思开始专注到丈夫的返程上来。因为,征期一般有一定的期限,满期限即可回来。这样,盼望他返程,成为她心中被点亮的火花。然而事与愿违,天天盼望,天天失望,犹如遭受久旱之灾的人们,天天盼望下雨,而每日迎来的却是一轮明晃晃的红日一样。可是,她不因此而气馁,内心仍执着地怀着希望。虽然,因此而焦思成疾,导致头疼,也甘心忍受。为什么能够不气馁失望?因为她深信他一定会回来,她不能没有他,这就是一种坚定的信念与精神在支撑着。对于她来说,思念着他,宛如一条无形的线索,维系着两人的爱情。爱情

·伯兮·

对于生命来说，其分量是无与伦比的。所以，她虽然因此导致头疼，也乐意接受。由此可知，诗人选用这"甘心首疾"四个字，就发掘到了她心灵的深处，体现了一种超越了平庸的高尚情操。俗语说："日久见人心。"人之常情，往往随着时间的推移，思想感情亦会显现。而她呢，坚定如故，甚至愈久益坚，所以可贵。

最后看第三层面：长年的离别，她已心力交瘁。虽然火花依旧明亮，但前景渺茫，在无情地撕咬着她的心灵，于是心病肆虐。有意思的是，第四章的前两句，说怎么能得到忘忧草，把它栽种在北堂下的庭院里，似乎她想忘却、摆脱这种思念的困苦。其实，这里要具体分析，栽种的是忘忧草，能使人忘忧，而不是忘思，更不是忘情。固然，三者在内容上是有关联的，因情而思，因思而忧，但毕竟是有区别的。再说，这样的奇思妙想，倒不是真的想使之成为现实，从此可以超脱，而是反映了她已经到了身不由己、无法自控的境地。所以紧接着的结束语，依旧重申一往情深的思念，心病折磨也在所心甘。

诗句如此条理，使脉络清晰，所表达的思想内容由浅表而逐步深化，其效果是很明显的。

木　瓜

投我以木瓜①，报之以琼琚②。匪报也，永以为好也③。

投我以木桃④，报之以琼瑶⑤。匪报也，永以为好也。

投我以木李⑥，报之以琼玖⑦。匪报也，永以为好也。

注　释

①投:赠送。木瓜:一种落叶灌木的果实,椭圆形,有浓烈香气。

②琼琚(jū):美玉佩挂品。

③匪:同"非"。好:友好。

④木桃:白海棠的果实,圆形,具有芳香气味。

⑤琼瑶:美玉饰品。

⑥木李:木梨,圆形或梨形,具有芳香气味。

⑦琼玖:指精美的玉石饰品。玖(jiǔ):浅黑色的似玉之石。

题　解

这是一首叙写人际友好交往、以友谊为重的诗歌,意在倡导一种崇高的风尚。所以它先以赠送礼品为例,言所送者价值轻的,当以价值重的回报。然后说,物品之赠答,为的是交结永恒的友谊。诗人倡导正常的高尚的礼仪风尚。

赏　析

本诗运用衬托的方法把主题思想表达得十分明白透彻。先说一方以木瓜相赠,而另一方则以琼琚回报。木瓜究竟为何物,说法不一。钱锺书先生《管锥篇·木瓜》引王观国《学林》之说:"乃以木为瓜、为桃、为李,俗为之'假果'者,亦犹画饼土饭。……投我之物虽薄,而我报之实厚。"并据此而辨析说:"殆自解赠与答之不相称欤?"可供我们参考。但不管它为何物,终究是轻微而不足道之物,这应该没有疑问。木瓜与琼琚,赠与答两者,形成鲜明地反衬。借琼琚之贵重以反衬木瓜之微薄。诗人举此两者,无非是作为代表性的事物,用以彰显其中的道理,如此而已。这是第一种衬托。下面接着说,不是为了回报,而是为了缔结永久的友谊。这又是对以琼琚回报的衬托。琼琚虽然贵重,但是从缔结永久的友好关系来说,又显得无足轻重。友情为重,其他何足为道?超越物质而注重于精神领域,乃是一种质的飞跃。所以琼琚虽贵重,亦显得轻微,两者不可相提并论、同日而语。有了这样的衬托,诗人的用心,其所贬抑和褒扬不言而喻。诗人的这种用意,可以说有永恒的价值。即使在今天,它依然光彩闪闪!弘扬崇高风尚,正可提高人们的精神素养,以树立文明道德的社会风气。

另外,阅读此诗,有一个需要提及的问题,就是孔子曾谈论过这首诗。见于相传为孔子八世孙孔鲋所撰的《孔丛子》载:孔子曰:吾"于《木瓜》见包且之礼行也。"《孔丛子》之书是否可信,在此姑且不论。此条材料则大致可信。包且,即苞苴,原意是蒲包,用来包裹鱼肉作为礼物。后指馈赠的礼品。孔子说这话的意思是,他读到此诗,就看出当时相互赠答礼品的风气在流行。在这里,我们有必要加以分辨按照礼制的礼物赠答与人际交往的礼物赠答两者是有原则区别的。前者,用以赠答的礼品,有礼制规定它的规格,必须照章办事,不得有违。而后者,赠答的礼品没有什么礼制的约束,完全凭双方的主观意愿行事。因此,我们不能从礼制的角度来理解这首诗,不然就不得要领了。

还有,本诗在表达形式上,与其他诗篇比较,有共同之处,也有颇具特色的地方。共同之处表现在重章叠句方面。全诗三章,每章只改动两个字,而意义却几乎相同。特色则表现在句式上,每章前两句,都是五言。后两句则是三言、五言,句末用"也"字结尾,完全是散文句式。全诗没有四言句。这体现了对四言格式的突破。它显得自由流畅,在歌唱时,跌宕多姿,效果亦佳。

·木瓜·

黍 离

　　彼黍离离①，彼稷之苗②。行迈靡靡③，中心摇摇④。知我者，谓我心忧；不知我者，谓我何求。悠悠苍天，此何人哉⑤？

　　彼黍离离，彼稷之穗⑥。行迈靡靡，中心如醉⑦。知我者，谓我心忧；不知我者，谓我何求。悠悠苍天，此何人哉？

　　彼黍离离，彼稷之实⑧。行迈靡靡，中心如噎⑨。知我者，谓我心忧；不知我者，谓我何求。悠悠苍天，此何人哉？

注 释

①黍(shǔ)：粮食作物,其籽粒即大黄米。离离：穗下垂的样子。
②稷(jì)：粮食作物,其籽粒即小米。一说是高粱。苗：出苗。
③行迈：行走。靡靡：迟缓的样子。
④中心：心中。摇摇：心神不安宁的样子。
⑤此：谓此种令人忧伤的情景。
⑥穗：结穗。
⑦醉：神志不清的样子。
⑧实：结果实。
⑨噎(yē)：堵塞。

题　解

　　根据《毛诗序》说，这是一首感伤西周灭亡的诗歌。它说，在西周灭亡之后，一个原来的西周大夫，前往故都镐京办理公务，见到原来的宗庙宫室已不复存在，而变成一片栽种黍稷等作物的田野。他感慨万分，痛心周王朝的覆亡，徘徊而不忍离去，故写作这首诗歌。这种说法，不是无稽之谈，它基本上与诗歌的内容，和所表达的思想感情相符合。至于此周大夫姓何名甚，则不可知。由于没有确切证据能够论定，所以其他的各种说法都可参考。这首诗歌的具体内容是，先写他所见田野作物生长之景象，次写睹此景象所引起的沉重心情，以及旁观者对于他的反应。最后责问，这场劫难究竟是谁造成的？

赏　析

　　这首诗歌在表达上的最大特色，在于它在词语运用上从容不迫，而所寄感慨却深沉痛切。如一开始，描写见到田野上作物生长生机蓬勃的景象，然后转述自己步履迟缓，心中不安。为什么？不再申明其究竟，点到即止。下面又从旁观者着笔，做侧面描写。说了解他的，知道他的忧伤；不了解他的，还以为他有什么追求。语句更显得悠闲从容。然而，为什么见到田野上一派富于生机的作物，反而使他步履迟缓、心中不安呢？这里正寄寓着他深沉痛切的感慨：他仿佛透过这片田野，看到了周王朝富丽堂皇的宗庙宫室建筑，又看到了一片荒芜的废墟……这就使得他的心被揪紧了，完全失去自控地摇晃起来。于是，他只好艰难地挪着步子，缓慢向前。在他心中，正在追溯这场劫难，不由得切齿痛恨，然而笔锋却又转到旁观着他的人群，其寄意更是沉痛有加。你看，他们中间有认识他的，了解他心中的忧伤。有不认识他的，还以为他想要追求什么。那么，认识、了解他的，他们是什么人？怎么会认识、了解他呢？很明白，他们要么曾是周王朝的同朝臣僚，要么是旧相识者。本来，今天难得一逢，会有多少话要倾吐？可是，却为什么仍然憋在心里、相对无言呢？有苦难言，敢怒而不敢言啊！凄惨悲痛，心碎欲裂。有不认识他的，待之犹如外人，因为已经安心于沦陷的生活，所以对他完全不解，从而产生猜疑。可见在他们身上，已显得前景黯淡无望，这使人心头冰凉！凡此一切，都在他内心激起强烈的反应，好像沸腾了一样。于是他大声疾呼，遥远的苍天啊，这场劫难到底是谁造

黍离

成的？这是舒缓之后的喷发，激昂慷慨，犀利无比。罪有其主，应该由谁来承担责任？这就是症结所在，触及到了问题的根本。当时认为，天是最高的神灵，是正义公正的象征。它与人世虽然遥遥相隔，然而无所不见，是扬善惩恶的裁判者。所以诗人最后要向天求问，让它来解答。全诗到此就戛然而止，好像一阵响雷之后的万籁俱寂。一切都留给读者去回味思索。

　　本诗在表达形式上，重章叠句特别明显。三章之间换字不到十个。然而其中有情节上的发展变异之处。他初次见稷正在出苗，则"中心摇摇"；二次见稷已在长穗，则"中心如醉"；三次见穗已经结实，则"中心如噎"。这样就将稷的生长过程和诗人每次观察的感想完全描写出来了。

君子于役

　　君子于役①，不知其期②，曷至哉③？鸡栖于埘④，日之夕矣，牛羊下来⑤。君子于役，如之何勿思！

　　君子于役，不日不月⑥，曷其有佸⑦？鸡栖于桀⑧，日之夕矣，羊牛下括⑨。君子于役，苟无饥渴⑩！

注　释

①君子:此为妻子称其丈夫。于:往。
②期:期限。
③曷(hé):何。此指何日。
④埘(shí):开凿墙壁而筑的鸡窝。
⑤下来:指从放牧处下山归来。
⑥不日不月:没有时间。
⑦佸(huó):相会。
⑧桀:鸡栖息的木桩。
⑨括:犹"下来"。
⑩苟:尚且,带有希冀之语气。

题 解

这是一首居于农村并从事农事的妇女怀念出征边关的丈夫的抒情诗。当时,男子出征服役,业已法制化,无可违抗。所以势必造成夫妻双方异地分居,徒寄相思。诗歌是从此妇女的居住环境来反映她对丈夫的思念。先直接写丈夫出征,旷年无期,妇女盼望他回来相聚。然后写傍晚时刻,见鸡与牛羊知返其归宿,更触发她的思念。此诗的作者,当是了解农民并熟悉农村生活的人。

赏 析

本诗最为人们称道的是诗中描写傍晚日落时刻,农村里出现的鸡儿栖息、牛羊返归的情景。对于这样的三句,我们可以从一般意义上去分析。因为有了此三句,就起到以下三方面的作用:第一,点明了主人公的身份,她是农村妇女;第二,点明了地点,是在农村;第三,点明了时间,是在傍晚日落时刻。人、地、时三者都因此交代明白。然而,这三句之所以堪称精彩之笔,其理由在于:第一,它勾画出了富于浓厚农村生活气息的恬淡画境。鸡儿栖息、日落西山、牛羊返归,这实在是最普通不过的现象,引不起人们丝毫的兴趣。可是,正由于对这最习以为常的情景的描写,就使得整首诗被激活了。它真实自然,使读者犹如身临其境,置身于画面之中。设想一下,倘若无此三句,只言其思念之深切,则索然无味、味同嚼蜡。诗人点化平淡而为神奇,出人意表。第二,在于它用鸡栖、日落、牛羊归来这样的景物衬托对丈夫的思念,起到寓情于景、借景抒情的作用。这才是诗人描画此景象的主要出发点。抒情才是根本目的所在。

另外,同样为人们称道的是诗歌最后一句"苟无饥渴"。宋代评论家王柏在其《诗疑》中说:"至情所钟,聚在'苟无饥渴'一句上。"意思是它体现了对丈夫最真挚的感情,是感情的聚焦点。为什么这样说呢?关键在一个"苟"字的内涵上。苟,意思是尚且,在时间上是指往日至现今。整句的意思是说,一直以来应该没有受到饥渴吧!这中间包含着希冀的语气,但不是指今后言。这样就体现了最实在最真切的体贴之情。民以食为天,吃喝是人的最基本的需求,所以是最现实、最要紧的事情,通过这一句,一个农家妇女的最朴实的心理,就得到逼真的表现,而且其口吻也使人如闻其声。并且,从诗歌的表现形式上看,虽然仍然是重章叠句的格式,却有变化,这表现在两章的结句上。前面一章说怎么会不思念他,后面一章说该不受到饥渴吧！将思念落实到顾念他生活需求的不缺乏上,使得内容更充实,而不至于单调。

· 君子于役 ·

兔 爰

　　有兔爰爰①，雉离于罗②。我生之初，尚无为③；我生之后，逢此百罹④。尚寐无吪⑤。

　　有兔爰爰，雉离于罦⑥。我生之初，尚无造⑦；我生之后，逢此百忧。尚寐无觉。

　　有兔爰爰，雉离于罿⑧。我生之初，尚无庸⑨；我生之后，逢此百凶。尚寐无聪⑩。

注 释

①爰爰(yuán)：舒缓自在的样子。
②雉(zhì)：野鸡。离：同"罹"，遭遇。罗：罗网。
③为：指军役之事。
④罹：忧患。
⑤吪(é)：动。
⑥罦(fú)：一种装有机关的网，能自动地捕捉鸟兽。
⑦造：指劳役之事。
⑧罿(tóng)：意同"罦"。
⑨庸：指劳役之事。
⑩聪：听闻。

题　解

　　这是一首抒情诗,其主人公经历了社会由太平而剧变为乱世的动荡,种种灾难加身,故而发泄其愤恨。在时代发展中,社会的治乱变化,乃是一种必然的趋势和现象。朝代的更替,亦随之发生;一个诸侯国的兴衰存亡,亦所在多见。诗歌的相关内容看,主人公有可能是一个自由民。全诗先设比喻,然后说其在动乱前后的两种经历,和如何应对并摆脱今日所遭遇之困境。

赏　析

　　此诗共三章,每章以兔、雉作为比喻来领起全诗。赏析本诗,对于此比喻,当格外注意。这是因为,不仅它本身有着形象生动、鲜明可睹的特色,而且诗人借此,使其用心亦得到了充分的阐发,显示出该比喻具有不同一般的艺术概括力。诗歌一开始,就出现一只显得十分悠闲自在的兔子,诗人意在突出表现它的自由处境。然后出现一只被罗网逮住的野鸡,正在罗网中挣扎。诗人意在突出表现它受制的处境。两种遭遇与命运,对比异常强烈。而实际上,兔与雉,都是一种象征。兔是自由者的象征,而雉是失去自由者的象征。若推开一层,以此作为观察世界的视角,则可以知道,此比喻的涵盖面十分广泛。诗中的"我"即是其中的一例。只不过这里还须分辨,他不是一只兔或一只雉,他一身而两者兼有之。即他"生之初"是一只"兔",而"生之后"就变成一只"雉",因为他经历着天差地别的两种遭遇和命运。他出生之初,当指少儿时期,或者到青年时期。此时尚没有劳役、兵役加身,享有人身自由,正是一只悠闲自得的兔子。若从这一点来分析,他很有可能是一个自由民。因为一般平民都要服役。而兵役,则一般身份较高的人士亦要尽此义务。他游刃有余,当不在其例。然而一场大动乱,他似乎失去了自由民的身份,劳役兵役都再也不能幸免,所以叫苦不迭,乃是情理中事。更何况是"百罹""百忧""百凶"所加。所谓"凶",即凶险之事。一句话,是百祸临身。因此,他正是一只陷入罗网的野鸡,无可逃避,挣扎也徒然。

　　既然如此,那么,以后的日子可怎么过呢? 对此,每章的结句都做出了回答。兔子般的自由,已成梦幻,再也不可复得,但也不能做一只只会挣扎的野鸡而已,自己毕竟要比它聪明得多。那么,姑且有得睡时就睡觉,不要动,不要醒,不要听,完全让自己处于麻痹的状态,苟且地度过每一天。这就是他出于万不得已的应对策略。这当然不是良计妙策,诚然是出于无奈!

　　诗中的人物形象虽为个体,可是在他身上,却使人看到了社会大动荡的一种侧影,有着鲜明的时代特征,这是作品的客观意义所在。

采 葛

彼采葛兮①,一日不见,如三月兮!

彼采萧兮②,一日不见,如三秋兮③!

彼采艾兮④,一日不见,如三岁兮!

注 释

①彼:某一男子称其所中意的姑娘。
　葛:一种藤本植物,纤维可以织成葛布,块根可以食用。
②萧:植物名,蒿类,有香气,古人采集以供祭祀之用。
③三秋:三个秋季,即九个月。
④艾:菊科植物,也叫艾蒿,多年生,有香气。

题　解

从诗歌所写的内容看,是某一男子中意于一个采野生植物的姑娘,而抒发其念念不忘的向往之情。诗歌先说其多次见到此姑娘的场景,后述其急切企盼再次相见的机会。青年男女之间一见而倾心相爱,然后自由恋爱和嫁娶,这是世间最普通的现象。诗歌侧重于表达男子期盼会面的殷切心情。这种心情说出了未婚未恋男子的心声,也为姑娘们所乐意听取,故成为一首广受喜爱的民歌。

赏　析

"一日不见,如隔三秋。"这句话已成为妇孺皆知、大家所习用的成语。而其出处,则正是本诗。这一诗句,具有如此大的感染力、生命力,实在是一种奇迹!那么,它为什么会具有这样的社会效应呢?这是很值得剖析的现象。这里,主要是运用了夸张的艺术手法。时间短暂的一日,竟然和漫长的"三秋"(即九个月)相等同,两者对比,相差悬殊,又怎么可以等同呢?这中间存在着现实和心理感受的误差。而造成这种误差的因素,正是感情。感情的作用,将短暂拉成漫长。然而这种感情,只会发生在关系十分亲密的亲朋好友之间。当他们一旦分别之后,就急不可耐地渴望再次见面,连一日都难挨。其感情之深挚就被突出地表现出来了。可是这种艺术夸张,所以富于感染力、生命力,在于它具有自己的特征。第一,它比较适用于表达思想感情方面的内容。思想感情往往难于捉摸,难于言表,闻者也无法感受和理解。于是作者就将它形象化、数量化,这样就使它变得可见可感,可以理解。大家熟知的名句:"白发三千丈,缘愁似个长"(李白《秋浦歌》),正体现了这样的特征。内心之忧愁有多深长,三千丈的白发是其写照。"一日"与"三秋",亦与之同理。将人们亲身所经受的最平常不过的自然现象夸张化,使之形象化和数量化了。"一日"与"三秋"差距悬殊,而现在将它们画上等号,夸张其事以至于此。而只有如此,方才可以毕露心迹。第二,它必须含蓄幽默,能使人们得到一种审美享受,具有审美价值。"白发三千丈",正是如此。"一日"与"三秋",亦复其理。一天之中,日升月落;一年四季,花开雪飘,其审美特征也是十分明显的。

再说,全诗共三章,固然也采用重章叠句的表现形式,可是在所反映的该男子的殷切心理上,却又体现出日益加深的迹象。开始是一日不见,如同三月;之后则如同三秋;最后则如同三年了。三月已见其漫长,而至于三秋、三年,而且还在不断地将它拉长,使对比度越来越大。这样描写,就使其心理轨迹亦清晰可睹。男子焦急的心情,已发展到了白炽化的程度。诗人这样的刻画,可谓入木三分。

·采葛·

将 仲 子

将仲子兮①,无逾我里②,无折我树杞③。岂敢爱之?畏我父母。仲可怀也,父母之言亦可畏也。

将仲子兮,无逾我墙,无折我树桑④。岂敢爱之?畏我诸兄。仲可怀也,诸兄之言亦可畏也。

将仲子兮,无逾我园⑤,无折我树檀⑥。岂敢爱之?畏人之多言。仲可怀也,人之多言亦可畏也。

注 释

①将:愿。仲子:一年轻女子对她的相恋男子的称呼。一种说法是,指该男子在兄弟排行中排第二,故称"仲子"。又一种说法是,"仲"是该男子的字。

②逾:越过。里:古代一种居民组织,五家为邻,五邻为里,里设有墙和门。

③树杞(qǐ):杞柳。一种落叶乔木,枝条可以编筐。

④树桑:桑树。

⑤园:此指园子外围的围墙。园内可种树木。

⑥树檀:指豆科的黄檀。落叶乔木,木质坚韧,可制车辆等器具。

题　解

　　此诗反映一对青年男女幽会的情节。处在自由恋爱时代,涉及各种恋爱的事情,言之不尽,书之不绝,谱之于民歌,也就不绝于耳。诗以女子的口吻向男子表示,她虽然思念他,但劝他行动不可鲁莽,家人已知情且责备她,自己甚感害怕,袒露了自己处于两难的矛盾心理。私下恋爱,女子一般都不愿家人和外人知道,害羞与免得引起非议,是一种普遍的心理。然而从本诗看,人为的阻力还是相当大的,它构成了恋人间交往的一大障碍。

赏　析

　　男女双方自由恋爱时,遇到来自家庭方面的阻碍,是一种普遍存在的社会现象。在《鄘风·柏舟》中,我们还只看到母亲反对女儿的自主择偶,而本诗则反映了女子恋爱遭到了家庭中父母和诸兄长的一致反对,就连旁人亦非议其事。问题十分严重。本诗所反映的,是一个具有代表性的社会问题,有其典型意义。不是说自由恋爱吗?怎么会招致家人的反对呢?自由又何在!在这里,就碰到自由恋爱与家庭干涉这一矛盾。两性关系与家庭组织都是处在不断的进化发展之中。在西周时期,自由恋爱还是很提倡的,甚至鼓励其事。然而随着一夫一妻制的形成,婚姻虽然要以男女互爱为前提,但是必须要征求父母的意见。固然,父母一方不能专断,而作为子女一方,亦必须尊重父母的意见。这样,有可能和谐统一,两全其美。但是各执己见,相持不下,乃至子女一意对抗,使矛盾激化的情况,也为数不少。上面所举《柏舟》正是其例。本诗所反映的亦是突出的例子。不过,这首诗中的女子所面对的,要更加严重。除父母外,还有几个兄长,一起反对并责备她。女子势单力薄,所遇阻力甚大。还不仅如此,连同外人亦异口同声地议论、责备她。可见事情已到了群起而非之的地步,使女子陷入了非同一般的困境。如此之环境是够典型的了。那么怎么对付呢?女子心向往恋情而又心有余悸,权且缓一步再图良策。当然,思念与爱慕则是不可动摇和改变的,充分表现出一个弱女子的坚定意向。而男子呢,因按捺不住,故爬墙翻树,不择手段,必欲实现幽会而方罢。诗歌只描写这一情节。双方的思想与行为,虽然是表现为个性的,却具有广泛的代表性。可以说,诗人是借助这样的人物形象,提出了一个严肃的社会问题、很有价值的议题。

　　再从诗歌的艺术性方面来观察。透过字面,我们似乎能见到其人,或者闻其声,或者观其行为动作。无论女子与男子,其形象都显得真实生动。从他们的性格上分析,女子显得谨慎,多所拘泥,男子则胆大妄为,一味莽撞,而不计后果。两人的性格形成鲜明地对比。从诗歌的表现形式上分析,则采用重章叠句的传统格式。并且,也不是简单的重复而已,它通过置换各章中的若干词,以达到表现情节发展的效用。三章中所置换的词不过十个,却将仲子的行踪和女子所畏惧的人通过远、近、内、外的先后程序表现无遗,文简而意周,堪称精彩。

大叔于田

叔于田①,乘乘马②。执辔如组③,两骖如舞④。叔在薮⑤,火烈具举⑥。袒裼暴虎⑦,献于公所⑧。"将叔勿狃,戒其伤女⑨!"

叔于田,乘乘黄⑩。两服上襄⑪,两骖雁行⑫。叔在薮,火烈具扬⑬。叔善射忌⑭,又良御忌。抑磬控忌⑮,抑纵送忌⑯。

叔于田,乘乘鸨⑰。两服齐首,两骖如手⑱。叔在薮,火烈具阜⑲。叔马慢忌,叔发罕忌,抑释掤忌⑳,抑鬯弓忌㉑。

注释

① 叔:又称为"大叔"(应该读作"太叔"。冠以"太",为表尊词)。此称猎手为叔,可能是称其排行,亦可能是称其字。详见《将仲子》注释。于:往。田:打猎。

② 乘马:四匹马所驾的车子。

③ 执辔如组:见《简兮》注释。

④ 两骖(cān):驾车的四匹马中外面的两匹马。

⑤ 薮(sǒu):沼泽地,有水草处。

⑥ 烈:通"列",指分布于围猎区域四周的队列。举:点燃。句谓四周各队列都同时将火点燃。烈火用以驱赶野兽。

⑦ 袒裼(tǎnxī):肉袒,即赤膊。暴:徒手搏击。

⑧ 公所:公侯之所。

⑨ 狃(niǔ):谓习以为常。戒:防备。此两句是公侯对猎手的嘱咐。

⑩ 乘黄:四匹毛色黄的马所驾的车。

⑪两服:四匹马中中间的两匹马。上襄:谓让两匹服马稍在两匹骖马之前驾车。襄:通"骧",指驾车的马。

⑫雁行:谓如"人"字形飞行。雁成群而飞时,或排列成"人"字形。因为两匹骖马比服马稍后,故如雁行。

⑬扬:燃起。

⑭忌:语气词。

⑮抑:发语词。磬控:纵马奔驰。

⑯纵送:发箭。句谓在纵马奔驰之同时,不断发箭射击。

⑰鸨(bǎo):黑白杂色的马。

⑱如手:指两骖马在旁而稍后,像人的两只手。

⑲阜(fù):盛。

⑳释:解开。掤(bīng):箭筒盖。

㉑鬯弓:谓将弓放进弓袋中。鬯(chàng):弓袋。

题 解

本诗描写一个青年猎手英勇捕猎的活动。在我国,对野兽的捕猎活动,从远古时代就开始了。这是因为原始人群生活的荒山辟野之地,是野兽出没之所,所以他们必须捕猎自卫,方能生存。而到了他们的势力逐渐强大,得以安居之后,捕猎又成为他们一种生产活动,以获得这一方面的生活资源。出于这种需求,因而捕猎的技术也逐渐提高,以至于发展为一门专门的技艺。本诗所描写的这位青年猎手,正是一个代表。全诗描写他的驾驭、组织围捕、徒手搏击、疾驰急射等,说明他是一名高手,全诗洋溢着对他的赞扬之情。

赏 析

诗人对这位猎手的描写,是经过巧妙剪裁和周密安排的。全诗分为三章,各章都有侧重点,而又相互有机组合。首章,先述其驾驭之技巧,再述其达到数泽地之后点火驱兽。紧接着就是写他赤膊徒手与虎搏斗,这是最惊心动魄的一幕。猎手英勇无畏的气势,机智善斗的功夫,仅一句诗四个字,就被表达得尽善尽美、异彩夺目。老虎被他打死之后,写他将它献于公侯,并听从公侯的嘱咐。这是写他履行例行的礼俗,诗人以此彰显他的涵养。所以,他既是一名猎手,又是不失为有素养的君子。这一章,是描写了他从出猎到献兽的完整过程。第二章,是写其另一次出猎活动。他的驾驭技巧与上次有所差异,而到达薮泽地之后点火驱兽则无多大差别,主要是表现他射御功夫。他一面驾驭马车飞速地奔驰,一面不断地向野兽射击,其技巧可谓出神入化。第三章,是写他再一次的出猎活动。写他的驾驭又有所变化,而达到薮泽地之后点火驱兽则亦无多大变化,主要是描写他捕猎活动趋于结束之动静,以及结束之后的一些细节,以此表现他的有节有度、从容周到的风度。所以,从全诗的结构上看,首章是描写一个全过程,从而见其全貌,而对他的徒手搏虎进行特写;第二章突出其射御技巧之精炼;第三章突出其有节度,处之泰然。每章各有侧重,而不同的侧重点,又从各个侧面组合为精彩的整体形象,堪称完美卓绝。

再从诗歌的艺术格式上分析,也能看出诗人于此是出于有意的安排。每章计十句,前四句写出猎,继后之两句写到薮泽地之后的活动,三章虽然略有所变化,但基本上维持原样,明显的还是重章叠句的形式。而后四句则全然不同。虽然四言的总体格式不变,而其内容则各有所述,与之相应的句式结构亦不相同,以各尽其意。诗人以此手法,使侧重点得到充分表达。

遵 大 路

遵大路兮①，掺执子之袪兮②。无我恶兮③，不寁故也④。

遵大路兮，掺执子之手兮。无我魗兮⑤，不寁好也⑥。

注 释

①遵：沿着。

②掺(shǎn)：执。子：为相爱中的一方对另一方的称呼。袪(qū)：袖口。

③无我：意谓不要以为我。恶：丑陋。

④寁(zǎn)：疾速。此处用词有省略，在其含义上当补充离去之意。故：故交旧好。句谓不要疾速离弃故交旧好。

⑤魗(chǒu)：通"丑"。

⑥好：指相好。

题　解

　　本诗记述一对相恋男女间发生的一个情节,即一方欲中断恋情,而另一方则恳求维持不变。诗中较难辨别的是,男女双方中哪一方主动,哪一方被动。不过以一般情况分析,男的为主动一方,而女的则为被动一方的可能性较大。在自由恋爱时代,恋爱双方固然有始终专一不变的,然而此因人因事而异,势难划一。而变异则为常例。一方有变,而一方不愿,则往往而有。本诗正是反映了这种恋情之变。本诗记述的情节比较简单,即女方牵拉着男方,央求他不要离弃她。声情可感。

赏　析

　　此诗写得真切动人。其特色在于写出了双方欲断还连、欲连已断那种感情。你看,男方既然决定终断恋情,却又让她扯着自己的衣袖,或者手拉着手,这不表明相爱的纽带还维系着吗?说还维系着,而从女方央求的语气中可以知道,男方去意已决。不仅如此,我们还知道,他从下决心到采取行动,都十分迅疾,让人猝不及防。他到底安的什么心?一簇谜团,心意叵测。说他多情,或者故作多情吗?也不是。而实际上,这正是真实地反映了他的矛盾心态。人的内心的意念往往复杂微妙,难以捉摸,也很难理喻,而涉及感情因素则更是如此。这样写,才是最为真切的写照。女方央求的语气是恳切的,有两层意思:"我们相交往已久,你不该轻率地离弃我。"女子说这话,说明她持保留的态度,自信是美的。人的审美观是有差异的,有时会带有很大的主观性。俗话说,情人眼里出西施,正可印证大众的审美心理。所以,女子这句话的后面,实际上还有一句潜台词,即感情才是根本要素。至于后者,明显是对他从情谊方面表示不满。友情可贵,爱情更加。双方若一方有终止恋爱的想法,应该告知对方,最好是友好分手。如今单方面想断绝交情,将个人意志强加于他人,轻易地诉诸行动,丝毫不顾及对方的承受能力,不考虑对对方造成的心理伤害。所以,虽然从表面上看,是苦苦央求,而实际上则蕴含着深意。我们只有这样透过一层去理解这首诗,才会发现它不是单薄寡味,而是真情重实。并且,女子的动作和言词,都体现出她温柔多情的性格特征和她力求挽回事态的一片用心,这一形象的塑造是感人而成功的。至于最后男子是否被感动,事态会怎样发展,这些都留给读者去思考了。

· 遵大路 ·

女曰鸡鸣

女曰:"鸡鸣。"士曰:"昧旦①。""子兴视夜②。明星有烂③。""将翱将翔④,弋凫与雁⑤。"

"弋言加之⑥,与子宜之⑦。宜言饮酒⑧,与子偕老。琴瑟在御⑨,莫不静好⑩。"

"知子之来之⑪,杂佩以赠之⑫。知子之顺之⑬,杂佩以问之⑭。知子之好之,杂佩以报之。"

注 释

① 女:指妻子。士:丈夫。昧旦:黎明。
② 兴:起身。夜:夜色。
③ 明星:启明星,即金星。它在天亮时出现在东方天空。烂:灿烂,即有光芒。
④ 翱、翔:谓像鸟儿飞翔一样轻快地行走。
⑤ 弋(yì):用生丝编制绳索,系于箭尾以射击。凫(fú):野鸭。形状似家鸭而小,善于飞行,亦善于游泳。常成群栖息于湖泽之上,飞行时亦成群。
⑥ 言:语助词。加:射中。
⑦ 宜:做成菜肴。
⑧ 宜:应该。
⑨ 御:正在弹奏。
⑩ 静好:平静而美好。
⑪ 来:慰劳。
⑫ 杂佩:集各种玉石所做的佩饰。
⑬ 顺:顺从。
⑭ 问:慰问。

题　解

此诗描写一个以捕猎飞鸟为生的家庭夫妇间的操劳与和美的生活。它反映了一个一夫一妻制的小家庭夫妇所从事的专业和他们关系的和谐美满。虽然操持辛苦,但生活条件却已不错,说明社会在发展进步,物质文明也在提高。诗歌内容是写他们为早起出猎而十分警觉,有所捕获而共同享乐,丈夫则以馈赠珍品对妻子表示谢意。辛辛苦苦,又和和美美,为本诗的主题思想。

赏　析

欣赏本诗的一个突破口,是务必清楚男子出猎的时间。由于诗歌采取对话体形式,所以相关的某句话出自谁之口,亦必须分辨清楚。

女曰"鸡鸣",说明女子已听到鸡鸣。那么鸡鸣是在什么时候呢?初闻鸡鸣,时间还是十分早的,应该是昏暗的夜晚。实际的生活体验是如此。《周礼·鸡人》说"大祭祀夜呼旦以叫百官",郑玄注云:"夜,夜漏(古代一种用来计时的器具)未尽,鸡鸣时也。"贾公彦疏谓"漏未尽者,仍为夜也。"可见鸡鸣时尚为夜晚,无可疑问。然而虽然还是夜晚,却离天亮已为时不久了,所以她要提醒丈夫,不能误时。士曰"昧旦",这是丈夫表示理解地回答。其意思是说,天将明而未明的时候是我们捕捉野鸭的唯一良机。妻子于时间心中无数,生怕延误,所以又叫丈夫起来去观察天色,以判别早晚。他看到启明星闪亮,预示离天亮确实不久长了,必须从速行事。因此他马上出发,行动轻快地游走各处,以寻求弋射野鸭和大雁的机会。与上述不同的是,他是行走寻机,而不是坐等良机。对于这几句诗句做这样的梳理诠释,不仅符合实际,理顺了文理,而且能充分表达出夫妻俩十分警觉的心理和紧张气氛。

第二章写出猎而有所获,妻子表示要庆贺一番,并马上将猎物做成美餐享受,且表示过着如此美满的生活而愿相守到老。不仅如此,两人在席间又弹琴奏瑟,音色谐美,以见知音,亲密恩爱,可谓神仙伴侣。这第二章主要是从妻子的角度描写。第三章是从丈夫的角度描写。妻子慰劳丈夫,丈夫则以自己佩戴的珍贵佩饰回报,并以此答谢她平日对自己的深情。我们从第二、第三两章看,这对夫妇的品位是比较高雅的,并且是建立在高品位上的鱼水感情。

山有扶苏

山有扶苏①,隰有荷华②。不见子都,乃见狂且③。

山有乔松④,隰有游龙⑤。不见子充,乃见狡童⑥。

注 释

①扶苏:或作"蒲苏",即桑树。
②隰:湿地。荷华:荷花。
③狂且(jū):狂人,即俗谓疯子。且:语末助词。
④乔松:高大的松树。
⑤游龙:红草。因红草枝叶蔓延于隰地,故称之。
⑥狡童:狡猾小儿。

题　解

此为一首反映情人约会而相戏谑取乐的民歌。诗歌以托物起兴开始,然后写女子与男子相戏谑。全诗共两章,内容相似。它真实地反映了男女自由恋爱的一个侧面及其生动状况。当它成为民歌之后,为青年男女所喜爱,歌唱流传,宛如一曲爱情的协奏曲。

赏　析

对于此民歌的欣赏,有两个方面。第一是托物起兴。它是古往今来民歌的一大显著特色,其幽默风趣的艺术风格也从中得到充分发挥。首句说,山上有桑树,低湿地有荷花。蕴含的意思是,一为树木,一为花草;一处于高峻,一处于低湿,两者各得其所。那么,这又蕴含着什么意思呢?这就必须从后两句去领悟。后两句是她面对相会的男子说的,说"我"今天看到的不是子都那样的美男子,却碰到一个疯子。很明显,这是挑逗的话。而从中却可以觉察到诗人所透露的两个信息:一是她的情侣是一个相貌令她感到称心如意的人。一般地说,情侣之间不会当面评议对方的品相,这倒不是由于什么情人眼里出西施,而是由于犯忌,不明智。也有例外的,即情人长得很不错,不至于会触犯忌讳。"不见子都",正是透露出她的满意心理。另一是男子赴约见到女子,因为满心喜悦,所以会情不自禁地手舞足蹈起来,表现出一种轻狂的姿态。女子见状,因此说见到一个疯子。前面起兴说,两者各得其所,正是蕴含着他们俩亦是各得其所欲,是情投意合的伴侣。这样的理解,就将起兴与言情有机地结合在一起,紧密无间,成为一曲优美的民歌。要不然,起兴与下文割裂,又以为下文是直叙其事,则支离破碎,不知所云了。第二是情侣间相戏谑取乐。一般地说,谈情说爱,是否说说笑笑,开开玩笑,这与他们的性格有关。但是,毋庸讳言,性格开朗,善于戏谑,会赢得乐趣,增加亲密感。所以,一方面,男子已以其举止表现出因获得佳偶而喜悦的情态,同时也表露出他性格活泼开朗。而女子说出如此戏谑之言,同样也表露出她性格坦荡和风趣。双方个性一致,情意契合,正是相匹配的天生一对。当然,性格不一致,也并非不好,可以"互补",相得益彰。凡此,都不可一概而论。所以,起兴说,树木与花草各得其所;正意

·山有扶苏·

103

说,双方各得其偶,正相匹配。我们从中可以领悟诗人构思的完密和含而不露的艺术技巧。

这首民歌,在形式上更为简单,仅为两章,而且亦取重章叠句的格式,内容大致相似。这完全是为了适合反复歌唱与记忆的需要,又可避免呆板浅薄,体现了民歌的一种风格特点。

狡　　童

彼狡童兮①，不与我言兮。维子之故②，使我不能餐兮！

彼狡童兮，不与我食兮③。维子之故，使我不能息兮④！

注　释

①彼:女子称其爱恋的男子。狡童:狡
猾小儿。
②维:因为。

③食:进餐。
④息:安睡。

题　解

此诗描写恋人间闹别扭的一个情节。郑国在当时的众多诸侯国中，社会文明方面是比较先进的地区，能突破传统束缚，自由开放，在恋爱领域尤其显著。出于这样的社会背景，所以以自由恋爱为题材的诗篇也就特别多，涉及爱情生活的方方面面。对于此种现象，《诗经》编集者亦将它视为丰富多彩的社会生活中的一个不可或缺的方面，多所采取。本诗就是一个明显的例子。它描写一女子因为爱恋的男子不与她说话、进餐，致使她寝食不安。至于两人因何闹起了别扭，因为作者写作的本意不在此，故无下文。读此诗，一种儿女意气历历可感。

赏　析

一首诗歌单写情侣之间闹小别扭的一个情节，这在诗歌中也是罕见的现象，从这个意义上说，它给人以新鲜别致之感，更何况它被编入最早且正规的诗集中，真是难得之事。

另外，我们阅读这首诗，还必须还其生活真实，而不能误解它所涉及的一些内容。这对于理解诗歌的主题思想和主人公的思想意识、道德情操，都是十分重要的。诗中所写到的，女子抱怨对方不与自己搭话和进餐，使自己不能寝食之事，有人以为，从中可以看出，他们实际上已经"同居共食"，与已婚并无所异。这是一种莫大的失误！要知道，即使在当时的郑国，男女之间的自由恋爱，能亲切交谈，沟通感情，已经是在充分享受爱情的乐趣了，再无我们现在概念上的"同居"之事。我们要是误解了，以为女子是抱怨对方不与自己"同居共食"，所求无非如此，这是亵渎了她的精神！其实，她所要求者，只是一种精神上的慰藉，而决非其他欲望的满足。这应该是理解本诗的一个原则问题，不可含糊。

再从诗歌所描写的情节上去欣赏。情人之间在恋爱过程中，磕磕碰碰，有点小的摩擦，这是常有的事，不足为奇。诗中所描写的这对情人的情况也正是如此，何以见得？她一开口，就称对方是狡猾小儿，这就将他们之间目前关系的现状一语道破了。这种称呼，是表示亲昵的口气，还是表示鄙薄的口气？从下文责怪他不与自己亲善的意思来看,不用说,是一心一意地希望继续以往的亲热。既然如此,这称呼当然是前者,而决非后者。所以,它正是全诗的玄机所在。基于如此"解密",我们对于他们此次闹别扭,就可以顺势利导,获得总体的认识。即这种小别扭不是什么是非利害之争议,而是恋爱过程中友爱的博弈,胜负乃是平常事。而这一次,男子已胜出,女子则已告负。唯其如此,"复交"是肯定的,下一局的博弈随时都可能发生。亲亲热热,恩恩怨怨,会使恋情增彩添色。

　　说到此,我们还必须对女主人公的性格做一些剖析。它具有两面性:一方面,是多情;另一方面,是对爱情十分看重。所以当男子一旦不与她说话进餐,她就无法忍受,竟然不思茶饭,甚至失眠了。男子的负气,简直使她到了无法正常生活的地步。儿女情长,于此可见一斑。应该说,这体现了她多情而又专一的可贵品格。至于男子的性格特征,我们只知道他负气而去,难知其余。

狡童

褰　裳

　　子惠思我①，褰裳涉溱②。子不我思③，岂无他人？狂童之狂也且④！

　　子惠思我，褰裳涉洧⑤。子不我思，岂无他士？狂童之狂也且！

注　释

①子：相恋中的女子称其男友。惠思我：谓爱我而思念我。
②褰（qiān）：提起。裳：下衣。溱（zhēn）：水名。发源于河南密县。
③不我思：不思念我。
④狂童之狂：谓疯癫小儿中最疯癫的。狂童：疯癫小儿。且：句末语气词。
⑤洧（wěi）：水名。发源于河南登封，东流与溱水会合。

题 解

此诗描写一个在恋爱中的女子向其情人赌气这一情节。此诗与《山有扶苏》《狡童》等相似,都是选取恋爱过程中的某一情节作为创作题材,它们多角度地反映了郑国年轻人在恋爱生活方面的多姿多彩。本诗内容是写一个女子告诫其男友,赶紧前来相会,要不然,她就要另觅"新欢"了。女子用的是一种激将法。读来感其言辞咄咄逼人,犀利爽直,却又顽皮风趣。

赏 析

诗歌最为显著的特色,是传神地描画出该女子心直口快,敢于挑逗而全无顾忌的活泼个性。我们不知道这种最后通牒式的表态会怎样传达给她的男友,但她的表态逼真地反映了她急不可耐的焦急心理。我们要剖解一下,她的表态,是认真的,还是虚假的。因此,这表态妙在说真亦假,说假亦真,真真假假,真假莫辨,令对方摸不透她的真实意图。对方假若被她吓唬住了,她会一笑;假若相反,也许她真不买账。从男友这一方面分析,他得到了这一信息,如果会心一笑,说明双方已心心相印,这无非是相互取乐而已。相反,要是他心急火燎地赶来,说明爱情之果尚未成熟,需要培育。诗人写到此,看似留下悬念,而实际上,却在最后一句上做了暗示:女子说对方是疯癫小儿中最疯癫的人。这是辱骂人的俗语,是对对方的鄙视,然而它又往往是用来对自己最亲密、能同心同德的人表示亲昵的用词。那么,用在这里,它是表示前者呢,还是后者?这是无须辨别的。所以,有了这一句,他俩亲密无间的关系也就了然大白。而前面说的"你若不来,我们就从此分手",只不过是一时的气恼话,是为了要将男子"激将"出来而已。谜底就是如此,而实际上,可以说,这不过是一种特殊的示爱手段,会起到密切感情的作用。

全诗是以女子的口吻来描写的,她的言辞使她的个性得到了充分表现,其形象也就生动地显示出来:她是一个坦诚聪慧、果敢俏皮的女子。诗歌共两章,每章的前四句都是说,"你"要么过来,不然就拉倒,没有丝毫商量的余地。她自己的倾向,不做表示,似乎完全取决于对方的抉择。女子讲得十分坦率诚恳,同时表现出对男友的尊重,而实际上她自己的心意也已隐含于其中。她是希望对方爱她、思念她的，文章却做在对方头上，一箭双雕，又含而不露，其聪慧无以过之。那么，她是完全不能自主而要等待男友的抉择吗？不是的。她早已心中有数，胜券在握。我们可以设想，要是对一个连爱不爱自己、思念不思念自己都心中无数的人，她会以如此的口气发话吗？更何况是逼迫对方做出最后的抉择，这岂不是表明自己是一个痴呆到无以复加地步的人吗？所以很清楚，她敢于如此发话，完全是因为对男友了如指掌。他爱着她，思念着她，是没有任何悬念的。男友得此"指令"，自会"执行"无误，最后又加上这句俏皮的罝人话，他听了必然会会心一笑，甜如饴蜜。这些方面，都无例外地表明，该女子是处在恋爱双方中比较主动的一方，驾驭着爱情的"小舟"前行，其能力似乎绰绰有余。综观全诗，诗人能以如此简短的诗句，容纳如此丰富的内涵，刻画出如此生动的个性形象，真令人叹为观止！

风　　雨

风雨凄凄①，鸡鸣喈喈②。既见君子，云胡不夷③？

风雨潇潇④，鸡鸣嘐嘐⑤。既见君子，云胡不瘳⑥？

风雨如晦⑦，鸡鸣不已。既见君子，云胡不喜？

注　释

①凄凄：寒冷的样子。
②喈喈（jiē）：拟声词。此指鸡和鸣之声。
③云：句首语助词。胡：通"何"。夷：通"怡"，喜悦。
④潇潇：急骤的风雨之声。
⑤嘐嘐：拟声词。鸡叫之声。
⑥瘳（chōu）：病愈。
⑦晦：谓如昏暗的夜晚。

题　解

　　此诗描写一个孤守家门的女子在丈夫突然归来时的喜悦心情。它的写作背景，存在诸多空白。我们除了从诗文中知道该女子家中养有一群鸡之外，她是生活在乡村，还是城镇，都无法知道。至于她丈夫是什么身份，为什么羁留外地，也付之阙如。诗歌所写时间的早晚，也难作判断。然而这些并不影响我们对该诗的理解。其内容分为两层，第一层写风雨交加致使鸡群不宁，第二层写丈夫突然归来的喜悦，其情景使人感同身受。

赏　析

　　对于本诗宜从两个方面去欣赏，第一是其写景。描写在风雨交加昏暗寒冷的时候，鸡群鸣叫不停，不得安宁。这样的景物描写，突出两点：一是受气候的影响，鸡儿无法忍受；二是写鸡群烦躁不安，单写鸡的感受。那么，在这样的处境下的人，又会是怎样的感受呢？这才是诗人通过写景所要我们体会的。女子孤身独守，势必更会感到寒气入骨，凄凉透心。大家知道，写景的目的，主要是为了抒情；或者说，景语皆为情语。所以，诗人虽在写景，而实际却在抒情。当然，这是以丈夫长时间羁留外地，致使她失伴独宿为背景而言的。第二是写景与抒情的逆反关系。诗中描写环境笼罩在一片凄凉的氛围之中，而其心中人却突然临门，使其喜不自胜。这在表现手法上是以哀景反衬乐事，可以达到不同寻常的艺术效果。苦尽甜来，倍感其甜，其深切体会，唯独当事人方能至其境。

　　再说三章开头的写景，当体会它不是重复其事，而是起到相互渲染的作用。凄凄、潇潇、如晦，说明风雨交加，致使寒气袭人；加之风骤雨急，致使昏暗如同黑夜。这样就浓墨重彩地创造了一种氛围。不仅如此，诗人又从鸡群的一片聒吵声再来加浓其色彩，对气氛的刻画堪称完善。至于鸡群的聒吵，显然与时间的早晚无关，写入诗中，似乎仅与天气这一因素有关，寒冷、昏暗，使得它们烦躁不安。现实生活中是否是如此，未做考察，但是，即使现实生活中并不完全如此，也不妨碍在诗中做如此描写。这是因为艺术真实不等同于生活真实之故，不必强求两者一致。

子　衿

青青子衿①，悠悠我心②。纵我不往，子宁不嗣音③？

青青子佩④，悠悠我思。纵我不往，子宁不来？

挑兮达兮⑤，在城阙兮⑥！一日不见，如三月兮！

注　释

①子:女子称相爱的男子。衿(jīn):衣领。青衿:青色交领的长衫,周代学子的服装。句谓男子的衣领是青色的。
②悠悠:忧思不已的样子。
③宁:乃;竟。嗣:通"贻",给,寄。音:音讯。
④佩:挂件的绶带。
⑤挑、达:走来走去的样子。
⑥城阙:城门两边的观楼,通常是男女幽会的地方。

题　解

　　这是一首描写女子因为所爱恋的男子不前来相会而陷入极度忧伤的抒情诗。它反映了当时郑国青年男女恋爱生活的一个侧面，他们十分自由活跃，使得恋爱的画卷五光十色，异彩纷呈。此诗是以女子向男子诉情的角度来表现的，女子真是将一颗焦急的心都掏出来了。全诗共三章。首章在吐露忧思之后，问他为何音讯全无。第二章稍异的是问他为何不来。末章则告诉他，自己正在如约盼等，已到了难熬的地步。

赏　析

　　对于此诗的欣赏，首先必须了解她所爱男子的身份。一开头，诗人就明白地告诉我们，他是青衿学子，表明是一个在校的学生。作为学生不是不可以恋爱。孔子说他十五岁开始有志于学，至三十岁而立，即学有所成。参照这个年龄，该男子当时的年纪，约在二十岁上下，在当时，也不能说早恋。但是，他作为学生，有他的本务，不可因此受到影响。古代的学校，所学者，放在第一位的是学做人，即人品的修养；其次才是学业。唯其如此，所以他必须自觉地遵守行为规范，不能为所欲为、自由放任。处理自己恋爱之事亦必当如此。诗人一开始就点明他的身份，说明这一点比较重要，所以不能不说正是寄寓着这样的用意。理解了这一点，我们才能比较全面、正确地来赏读这首诗。

　　第一，他虽然正在热恋之时，然而更是在校的学生，不可为此而分心，也不能随意行动。他不向情人传递音讯，不前去相会，正说明他不因此而分心分身，摆正了两者的关系。在诗中我们未见他自己的表态，只从其女友的口中得到此信息。应该说，诗人是寄意于言外。这样的处理，比较含蓄，富于趣味，答案留待读者自己去寻思。第二，从女子的角度分析，她急不可耐地要求男友前来相会，是否只顾及一面，而不能兼顾全面，是一种缺失呢？不能这么说。她的想法和要求是正当的。作为一个正值青春年华、爱情欲望强烈的女子，希望天天与情人厮守一起，这是非常正常的心理要求。而且，她也十分了解对方之爱与自己一样，相互是情投意合的。你看，两人你来我往，几乎天天相会，所以才会有一日不见，如隔三月之失落感。在自己因故不能前去之时，就希望对方前来,若不能前来,也得捎个口信。盼等恋人赴约的她,活像一只热锅上的蚂蚁。如此痴迷,正是热恋的一种真实写照。对此,理该肯定。所以,女子的激情奔放,是一种心灵完美的体现,其形象是可爱的。在诗人笔下,对她也是赞美有加的。以此而论,男女两个主人公都是正面的值得肯定的形象。习惯的观点,总以为有矛盾冲突,必然存在着是非,即一方是正确的,是应该肯定的;另一方是错误的,是应该否定的。本诗诗人对此却有所突破,认为两者各逞其美。诗人的用意,是想借以说明如何恰当地摆正和处理两者的关系,这是年轻人都要遇到的一种矛盾关系,无可回避。综观全诗,应该说,其艺术性与思想性是能有机结合、完美统一的。

· 子衿 ·

出其东门

出其东门,有女如云。虽则如云,匪我思存①。缟衣綦巾②,聊乐我魂③。

出其闉阇④,有女如荼⑤。虽则如荼,匪我思且⑥。缟衣茹藘⑦,聊可与娱。

注 释

①匪:同"非"。思存:所相思之人。存:在。

②缟(gǎo):白绢。一般为男子所服,而家庭贫寒的女子亦服之。綦(qí)巾:青灰色的佩巾。此句讲该女子穿着如此,表明其家境贫寒。

③聊:愿。魂:神(按:"魂"字据韩《诗》。毛《诗》作"员")。句谓愿我的精神因此愉悦。

④闉阇(yīndū)古代城门外的月城的城门。

⑤荼:白茅之花。

⑥且(cú):通"徂",向往。

⑦茹藘(lú):茜草。根可以做红色染料。此指绛红色的围裙。前后两章所写的中意女子,看似两人,而实际上指一人,只是因为重章的缘故而稍变其文。

题　解

　　本诗是抒情诗,诗中男子在众多出行的女子中独中意于一家境贫寒之女,能与她共享欢乐,反映了当时郑国青年男女恋爱生活的某一情节,即"择偶"的个例。可以说,它是组合画卷中纷繁的画面中的一幅。诗歌所写内容是:男子到城门口,从进出的女子中物色意中人,选定了一个寒门之女,继而引发了美好的设想,给人以真实而生动之感。

赏　析

　　大家都知道,在民间,自有个别少女会显露出与众不同的风采,在抬头举足、一举一动中,其素质涵养,加之过人的外表,会给人留下鲜明难忘的印象。因此,也自然会有男子陡生爱慕之心,并孜孜以求,必求偿其心愿。对于此种风流韵事,诗人必定闻其事而倍感兴趣,于是为之动笔,以赞美其事,并使之传诵歌唱。至于诗中所写的这位男主人公,他是否也竭力追求,并且最终如愿以偿,诗文中未见着笔,似乎诗人只让他沉浸在美好的愿望之中而已。这是什么缘故呢?琢磨诗人的用意,只在突出男子"择偶"这一主题,是侧重点,而无意于涉及双方谈情说爱的诸多情节。所以,所写前者是完密的,而于后者则付之阙如,正如绘一枝独秀的梅花,但求其神韵之美,而弃其整株于不顾,道理是一样的。

　　现实生活中有此种故事流传,而采编为诗歌,则成了艺术作品。诗人要将其加工,使之升华,具有典型性。因此,绝不会拘泥于"原生态"。如所写的男主人公就不再是生活中的个别存在,而是一个艺术典型。那么,他是一个怎样的人物形象呢?这就必须揭示他是何种身份地位,他为何独独选中一个家境贫寒之女作为意中情人,并且说,冀愿因此而获得精神愉悦,可与她共享欢乐。可是,对此,诗中不见其蛛丝马迹。虽则如此,我们却仍然可以依据情理做出符合情理的推断。如他的举动若此,就可以断定他绝不是一个平庸之辈,而是一个有见识、有独特恋爱观的人。你看,他一次次地前往城门口观察,从熙熙攘攘的年轻女子的人流中,偏偏慧眼独识,看中这个衣着简朴、出身于贫寒之家的女子,宛如鬼差神使、着了迷一样。她的魅力何在?是其容貌姿色吗,显然不是,诗中只突出她一身的穿着,一句四字,话已说尽。可见诗人的用意也无疑在她的出身寒门这一点上,而这也正是该男子所看重之处。这固非出于个人的癖好,而是一种偏爱,是内在意识在起作用。于是,我们就要做深入一层的分析:他为什么能摆脱平庸的眼光,达到此种心理境地?答案是,诗人将其理想化、艺术化了。这样,诗人的思维脉络就很清晰,其原委也昭然若揭了。原来,它源于现实,又脱胎于现实。所以既是彼,又非彼,已是艺术的结晶。而这,正是体现了现实与艺术的基本关系。一首优秀的民歌,也同样必须做如此审视。它涵盖了广阔的社会生活面,所塑造的形象,更具有典型意义。从这样的审美观出发,对诗中所刻画的男女主人公形象,就容易理解了。诗人既刻画了一个具有独特审美修养的男性,又要刻画一名出自民间的完美的女性形象——纯洁朴素、气质优雅。尽管女子穿着简朴无华,却丝毫无损其动人心魄,光彩奕奕,惹人喜爱。这样的形象,在民间文学中并非个例。在她们身上,体现了智慧卓越、品质高雅和外貌美丽这三者的和谐统一。所以,诗中的她,实际上已是理想的化身。也正因为如此,所以具有无穷魅力。诗人采取这种寄意于言外的表现手法,令人在吟咏中恍然大悟,使诗歌富有韵味。

野有蔓草

野有蔓草①，零露漙兮②。有美一人，清扬婉兮③。邂逅相遇，适我愿兮。

野有蔓草，零露瀼瀼④。有美一人，婉如清扬。邂逅相遇，与子偕臧⑤。

注 释

①蔓:蔓延。
②零露:落下的露水。漙(tuán):露水盛多的样子。
③清扬:眼睛明亮的样子。婉:美好。
④瀼瀼(ráng):露水盛多的样子。
⑤臧:好。即认为是称心好事。

题 解

此为描写一对青年男女在郊野偶然相遇而一见倾心的爱情诗。当时郑国青年男女的恋爱活动格外丰富多彩,所以诗人能从各种不同的角度去选取题材,使其呈现出色彩斑斓、层出不穷的特点。本诗所取即是因一次偶遇而相爱慕之情节,此在社会上乃是常有之事,用俗话说是有缘分,在郑国更不必说。诗人在此是将它美化为诗,即艺术化,使它闪耀出绮丽的光彩。由于它是一首流传的民歌,固不知其原作者和写作背景。全诗共两章,内容相似,写在清晨的野外,一男子偶遇一美女,且竟相互倾心。读来给人以朴而雅之感。

赏 析

诗歌的主题是表现佳丽偶得。它的写作特点突出表现在内容与形式的完美统一。两章每章六句,各分三个层次。描写景色、刻画人物、抒发情感,各为两句。而三者不是各自为意,而是相互融合,宛然是一幅春郊得娇图。在此我们姑且按其三个层次逐一品尝其特色。

第一,观赏其景色描写。草儿遍地蔓延,叶片上挂满露珠。这就点出了时值春季。因为露水盛多,不是春季,就是秋季。而草儿遍地蔓延生长,则只可能是春季。水汽遇冷才会凝结成水珠,说明还是春寒料峭的时候。所以这样的景色描写,既描画出一派浓重的冷清幽静氛围,同时表示其时在春季的清晨,还是寒意袭人的时刻。这虽然是描写景色,然而对于下面的叙事抒情,却十分的重要,可以说是其要领。试问,既然还是春寒料峭的清晨,他们为什么就要出门上路呢?答案是,因为各有其事。我们虽然不知其事,然而在所当行是肯定的,这就反映出他们都具有勤劳耐苦的品质。再说,同路之人,相同的遭际,自会产生相同的心理感受,并且心照不宣,无须言说,合于所谓"心有灵犀一点通"这个道理。更何况事情发生在两个年岁相当的青年男女之间,自然会产生一种亲和力,使两颗心相互贴近。因此之故,就有可能诱发爱慕之情。诗人在描写时令特色中,寄寓此意,其用心非能轻易领略。再说,这样的景色描写,恰当地衬托出女子清丽的身影、纯净静谧的气氛和两人纯洁高雅的爱情,可见它与刻画人物、抒发情感相和谐协调,完美统一,达到了"诗中有画"的境界。

第二，欣赏其人物刻画。诗文由描写景色而转入刻画人物。共两句，单写女子之美，而且只突出其美在明眸这一点。前后两章之句，意思相同，只不过稍改变其词语之次序而已。刻画女子之美，集中表现其眼睛明亮之美，这是抓住了要点，真是所谓的"点睛"之笔。一个女子外貌美不美，动人不动人，首先在于其眼睛是否明亮。不仅如此，其精神世界的善良与否，完美与否，也会通过它得到某种程度的传达，可谓是"传神"之处。因此，诗人也好，艺术家们也好，都能以"点睛"之笔达到"传神"之效。况且也正由于它"传神"，所以能在一定程度上反映其身心之全貌。固然，外表与内在未必完全一致。在《庄子·列御寇》中，其作者就借孔子之口表达此见。但是若衡之于大多数人，则表里若一，大致不误。再说，此处说女子眼睛明亮美丽，是从男子的角度对她的观感。文字虽只写女子明眸之美，似乎仅注意于此，而实际上却正蕴含着外表与内在两个密切相关的方面，即不仅其眼睛及外表楚楚动人，而且其内心素养亦纯洁无瑕。而这才是他们之间能相互爱慕的基本条件。

第三，观赏其抒发情感。两章的结尾两句，是抒情，上句"邂逅相遇"相同，而下句则有别。首章上句说符合"我"的心愿，正是意中之人，故而一见钟情。第二章下句说"与子皆臧"，是说双方都感到满意，这话是男子说的，他怎么能代表女子表述此意呢？正是出于他对女子目光的观察，而洞察到她意向，心领神会，故可以以自己的身份而表达两个人的共同心声。于此可见，上句是抒发自己单方面的感情，而下句则推进一步，是表达两人的共同心意了。那么，为什么两人通过一次偶然相遇，竟会觉得对方正是自己的意中人呢？岂非在目光交流中达到了充分的理解？可见他们不是贸然凑合，而是在感情上的融合。在这里，我们还必须要加以辨明的是，他们此次的偶然相遇，是发生在两个素昧平生的人之间，还是本来就是情人？因为"邂逅"一词，对于两者都可适用，而对于诗意的解读，却会造成很大的差别。我们根据对诗文的仔细分析，可以判明其为前者。因为从文理上看，中间两句的描写，完全是"惊艳"的笔法，是出于男子未所预料。反之，若本是熟谙的情人，则必定相约同行，不至于事出突然；也不至于只专注其眼睛之美，似乎是新的发现。再则，若是情人之间早就相互中意，就不至于在此次偶遇中才表示满意之情。这样说来，可见他们的意向与决断是发生在很短暂的时间。从人的心理角度分析，心理活动往往是十分微妙的,它有时发生在一刹那之间,难以形诸言词。他们之间相爱慕的决断,正是在很短暂的时间内发生。于此可见,诗人对他们感情的描摹,是着笔于对心灵瞬间动向的精巧微雕,而完全抛弃那种"卿卿我我"的"儿女之情"的刻画。感情描写能达到如此地步,真是精妙绝伦!

溱洧

　　溱与洧①,方涣涣兮②。士与女,方秉蕳兮③。女曰:"观乎?"士曰:"既且④。""且往观乎⑤?洧之外,洵讦且乐⑥。"维士与女⑦,伊其相谑⑧,赠之以勺药⑨。

　　溱与洧,浏其清矣⑩。士与女,殷其盈矣⑪。女曰:"观乎?"士曰:"既且。""且往观乎?洧之外,洵讦且乐。"维士与女,伊其将谑⑫,赠之以勺药。

注释

①溱、洧:两水名。见《褰裳》注。
②方:正。涣涣:水势盛大的样子。
③士、女:指一对对相恋的情人。秉:拿。蕳(jiān):兰草。多年生草本植物。秋末开花,有香气。
④女:此指其中的某一女子。观乎:意思是到两水边去观赏过吗? 士:此指其中的某一男子。既:已经。且(cú):通"徂",往。意思是已经去过了。
⑤且:再。
⑥洵:确实。讦(xū):大。
⑦维:句首语助词。
⑧伊:句首语助词。相谑(xuè):相互开着玩笑。
⑨勺药:芍药。香草名。
⑩浏:水流清澈的样子。
⑪殷:众多的样子。盈:充满。
⑫将:相互。

题 解

此为一首描写一对情人相约游乐的爱情诗。青年男女相约出游观赏水流的自然风光,同时在开阔的水边场地欢聚,这在所选的反映郑国青年男女恋爱活动的情节中是别开生面的。我们从中可知,其地不仅有此种观光之习俗,而且还开辟有专供年轻人谈情说爱之场所。诗共两章,内容相似。首先描写河边的自然景观,其次描写前往游乐的年轻男女之多,最后描写其中一对的交谈和活动的细节。此景此情,读来犹如身临其境。

赏 析

本诗在描写内容和写作模式上都是别树一帜的。从其描写内容上看,内涵丰富多彩。从河流的自然景观落笔,转写年轻男女成双结对的群趋往观。又从往观的年轻男女中,突出其中一对的活动。对于他们,不仅描写其对话,又描写各种具体的活动细节。此诗包含如此纷杂丰富的内容,不仅在郑国同类诗歌中首屈一指,而且在《诗经》描写爱情的民歌系列中亦是罕有其比。

首先,鉴赏开头两句对于景色的描写。两河涨水时盛况空前,成为当地难得的一大景观。这就创造了一种恢宏的气势和使人心旷神怡的氛围。

在描写风光之后,首章接着描写一对对青年男女,人人都手拿香草,这香草是用来赠送给对方的礼品。二章则写往观的青年男女人数的众多,充盈于途。上下两章做这样的描写,就构成了两相补充的关系,即由对群趋者的勾画,进而扩大到其全貌的鸟瞰。我们于此可以想见其"镜头"移动之轨迹。两章组合为完美的整体。两章在此后转入对其中一对的特写,细节具体生动。它们词语相同,采用重章中的叠句格式,显示出其为诗歌的侧重点。

诗歌做这样的结构布局,向我们展示出一道道靓丽的风景线。写水流,是一道自然的风景线;转写人群,是一道人文的风景线;再从具体到个别,又是一道人文的风景线。自然与人文两道风景线完美结合,构成了优美的动态画景。而在人文景观中由群体到个别的转换,又构成两道风景线。它们既各自相对独立,又相包容组合。综观全诗,从水流到往观者的描写,展示了完整的动态画景。而其中对往观者的描写,则又分别展示了两个人文景观的动态画景。

它们环环相扣,各呈其美。

再鉴赏对往观者中其中一对的特写。女子先以试探的口气问道:"您去过吗?"说明她心中想能相伴同行,但是不知对方是否愿意,不好意思直截了当地说,改用这样俏皮的话探问。对方果然说已经去过了。于是她再以试探的口气发出邀请:"再去一次好吗?"话中蕴含着今天是"我"邀请同行,与一般的玩赏,其意义完全不一样。男子也领悟了她的心意,欣然接受邀请。对于他们在途中的活动,只描写了两个细节:其一是相互开着玩笑,其一是赠送礼品。开玩笑,反映出他们性格的开朗、关系的融洽和气氛的轻松。接着写相互赠送芍药作为礼品,说明从开玩笑中感到心心相印,于是以赠送芍药作为礼品,以此使得双方的情意更为加深,巩固了原有的关系。这样,从对相邀、同行相谑和赠礼这三件事情的描写,概括了他们活动的整个过程,表现了感情交流加深的轨迹。既观赏了自然景观,又加深了感情,一举两得,可谓双重得益了。

诗歌在表现形式上也很有特色。这是一首赋体叙事诗,通篇是叙事笔调。开头是直言景象,接着是记事。在记事中,还采用对话形式,语言口语化,贴近生活实际。在格式上完全不见四言的踪影。再说,其中所用的人称"士"与"女",一章中间前后竟不相同,自由转换。凡此,说明本诗不仅表达了洋溢欢乐自由的内容,而且在形式上也根据内容的需要,极为自由灵活。再以其用韵而论,亦十分自由(详见王力《诗经韵读》),可见其内容与形式是一致的。

南　　山

　　南山崔崔①，雄狐绥绥②。鲁道有荡③，齐子由归④。既曰归止，曷又怀止⑤？

　　葛屦五两⑥，冠緌双止⑦。鲁道有荡，齐子庸止⑧。既曰庸止，曷又从止⑨？

　　蓺麻如之何⑩？衡从其亩⑪。娶妻如之何？必告父母。既曰告止，曷又鞠止⑫？

　　析薪如之何⑬？匪斧不克⑭。娶妻如之何？匪媒不得。既曰得止，曷又极止⑮？

注　释

①南山：山名。在齐国境内，今山东临淄南，也称牛山。崔崔：高峻的样子。
②绥绥：舒缓行走的样子。
③鲁道：指鲁国境内与齐国交通的大道。有：语助词。荡：平坦。
④齐子：指文姜，是齐襄公的妹妹。由：经由此大道。归：出嫁。此指嫁于鲁桓公为妻。
⑤止：语助词。曷：为何。怀：想念。
⑥葛屦(jù)：用葛布制的鞋子。五两：以两双为一列。五：通"伍"，行列。
⑦緌(ruí)：系帽带子的下垂部分。双：指带子分成两股。止：语助词。
⑧庸：经由。
⑨曷：何。从：同"纵"。句谓鲁桓公既告父母而娶妻，又为何使得妻子放纵其欲而至于此呢？
⑩蓺(yì)：种植。
⑪衡：通"横"。从：同"纵"。句谓田陇或纵向或横向。
⑫鞠：穷。句谓鲁桓公又为何使得妻子穷极其欲而至于此呢？
⑬析薪：砍柴火。
⑭匪：通"非"。克：能。
⑮极：同"鞠"。

题　解

本诗反映发生在公元前694年鲁桓公与齐襄公之间的一件丑闻。当年鲁桓公与其妻姜氏赴齐,姜氏即与其兄(齐襄公)私通(此前,两人一直有此种行为)。事情败露后,齐襄公即派属下将鲁桓公杀死。此事在史书上有明确记载。全诗分四章。第一章指责姜氏不该有此种非礼的行为。二、三、四章则谴责鲁桓公不该放纵其妻使其穷极其欲。不回避姜氏的过错,而主要归咎于鲁桓公的纵容。此种丑事在当时所罕闻,诗歌作者当是鲁国维护伦理道德之士,激于义愤,故撰写此谴责之篇。其人之具体情况,则无从考证。《诗经》的采编者也不回避此种丑事,将其公布于世,以净化世道人情,可见其秉持"善善恶恶"的原则。

赏　析

鉴赏此诗,首先要明白,它是否符合史实。史事之记载见于《左传》,记载说,春,鲁桓公将有外事,于是就与姜氏至齐。其妻随即与齐襄公私通。鲁桓公发觉后,指责姜氏。姜氏就向齐襄公告发。夏四月,齐襄公宴请鲁桓公,让公子彭生为鲁桓公送行,在车上即将其杀死。事实很清楚,齐襄公是与其妹发生悖逆行为的主角,又是策划谋害鲁桓公的凶手。然而在诗中,却对其人其事讳莫如深,似乎与之毫不相干,而将之栽赃于姜氏与鲁桓公。为什么两者会截然不同呢?这是与当时的社会背景有关的。春秋时期,是诸侯国强者称霸的特殊时代,霸主决定着其他诸侯国的命运。鲁国是一个弱小的诸侯国,又紧邻齐国,可以说是虎口之肉。若敢违抗齐襄公的意愿,或非议一言半语,则必亡在旦夕。国家命运所系,岂为儿戏!此种政治嗅觉是当时人所共有,乃为常识。这就是诗歌作者不得不隐晦其事的苦衷,而将闷棍打在鲁桓公头上。那么鲁桓公是否确有放纵其妻让其胡作非为的过错呢?大家都知道,世人一般谁也不会允许自己的妻子有此种悖逆的行为,而一个堂堂鲁国国君岂会有此种颠覆伦理的荒唐事情?根据一般礼规,已出嫁于他国的女子不得随国君出访他国。对此,鲁桓公岂会不知?他之所以同意妻子随行,实在是迫于无奈。此次出访,将会到达齐国,这就触发姜氏的淫欲,于是凭借自己的特殊身份,依

南山

恃两国不平等的关系,乘机向鲁桓公提出随同出访的无理要求。而鲁桓公权衡利害得失,也不得不勉为其难,答应其事。

　　古人说:"物有不平则鸣。"发生如此耻辱之事,况且一国之君不明不白地客死他国,鲁国之人岂能忍气吞声?诗人将之形诸笔墨,是必然之理。然而诗人又为什么要违背情理,归咎于鲁桓公呢?从表面看,道理有二:一是对齐襄公这位"太上皇"不容片言相加,真是有口难言。二是鲁桓公处于国君的地位,从夫妇关系上来说,理所当然是责任的承担者。所以这杯苦酒不是他喝,又能让谁喝呢?不能喝,却又不能不喝。那么是谁让他喝,又非喝不可呢?身不自主到如此程度,真是咄咄怪事!答案是十分清楚的。所以我们可以这样说:诗中虽然表面上在谴责鲁桓公,而实际上则很明白是在讥刺齐襄公。试问,是谁在纵容姜氏胡作非为,穷极其淫欲?不是他,又是谁呢?在齐国,当鲁桓公发觉妻子有不当行为时,即加以指责,说明在纵容姜氏胡作非为,穷极其淫欲者根本不是他。可见,势无其惮,为所欲为者世无第二人,正是这齐襄公!以曲笔加以讥刺,不仅诗人用心如此,而时人也无不了然,这才是本诗的不同寻常之处。

陟　岵

　　陟彼岵兮①，瞻望父兮。父曰："嗟②！予子行役③，夙夜无已④。上慎旃哉⑤！犹来无止⑥！"

　　陟彼屺兮⑦，瞻望母兮。母曰："嗟！予季行役⑧，夙夜无寐。上慎旃哉！犹来无弃⑨！"

　　陟彼冈兮，瞻望兄兮。兄曰："嗟！予弟行役，夙夜无偕⑩。上慎旃哉！犹来无死！"

注　释

①陟：登。岵(hù)：生长草木的山。
②嗟：感叹词。
③行役：指因军役、劳役或公务而在外跋涉。
④无已：没有停息。
⑤上：通"尚"，表示劝勉语气。旃(zhān)：同"之"。
⑥犹：可。无止：不要不归。
⑦屺(qǐ)：不生长草木的山。
⑧季：兄弟辈中排行最后的，此谓其小儿子。
⑨无弃：不要放弃机会。
⑩无偕：强劲不懈。偕：强(《说文》本义)。

题 解

本诗是一个远戍者抒发其与家人相互怀念的抒情诗。在当时社会,年轻人戍役远方,经年不归是惯常之事,所以抒发戍役者与其家人相互思念之题材的民歌也就特别多。此诗即描写戍役者登高遥望家乡,而想到家人亦必正盼望着自己能返归团聚。全诗共三章,将其家人以父、母、兄三层次进行描写。诗的作者与其具体时代虽不可知,然而他对戍役者与其家人无可排解的思念之情却有真切的体会,故能撰写出如此感人肺腑的佳作。

赏 析

诵读本诗,感到有一个特异之处,即各章的前两句写戍役者登高遥望家乡,而由此引发何种心情,却只字未提,随即就描写其父、母、兄三者对他的思念与盼望之情,两者似乎不相衔接。对此,应该怎样去理解呢?钱锺书先生在《管锥篇》中做了分析,认为传统说法以为是征人追忆临别时亲人之叮咛,然而语气不像临别分手之嘱,而似远役者思亲、因想亲亦方思己之口吻尔,并证之诸多诗词,说明其例甚多。然而双方相距遥远,远役者怎能设想到亲人亦正在思念自己,而且其父、母、兄三者都同此心情呢?现实生活中不会如此。那么,该怎样来看待这种描写呢?我们可以从以下两个方面分析:首先,这是诗人将现实生活中的一个方面提炼为诗歌,使其富于艺术性;其次,体会诗人的用意,在于刻画全家人心心相印的密切关系,这才是更为重要的方面。所以两者不是偶然的巧合,双方感情上的系连,才是采用此种艺术手法的关键和基础。

对于此诗由远役者的口吻而突然转到其亲人思己之口吻,如此脉络不连的情况,清代诗歌评论家沈德潜在《说诗晬语》中说:"《陟岵》,孝子之思亲也,三段中但念父母兄之思己,而不言己之思父母与兄,盖一说出,情便浅也。情到极深,每说不出。"此见解颇为独特新奇。他体会到,孝子之思亲,已经到了情满胸臆、无可言表的程度,所以只好转到父母兄之思己。可是,既然"说不出",我们又何以知道其为何"情"且又到了"极深"的程度呢?这倒并不难理解,因为我们由下文即可得知:其父母与兄无不在盼念他返归团聚,则他"说不出"之情,实际上已昭然若揭。所以,两者之间其文脉是紧密相连并不割裂的。

此种手法颇有创意。设想,如果改换通常的写法,让"远役者"一一说来,那么,不用说,就反而显得十分肤浅,其效果是难免平淡乏味。诗人让读者从自己的思索中破解,以达到趣味隽永的收效,两者是不能同日而语的。

  另外,从诗歌的格式上看,基本上是重章叠句的模式,然而各章在词语上又有较大的差异。父母对他都是盼其得归即归,不要放弃机会。而兄长则是盼其能活着回来,能保住一条命就好。似乎过于薄情,其实则不然。在古时,兄弟之间是情同手足、同命运、共生存的,故言能不死就好。于此可见,父母与兄虽所言有异,而其深情却并无别。

·陟岵·

伐 檀

坎坎伐檀兮①，置之河之干兮②，河水清且涟猗③。不稼不穑，胡取禾三百廛兮④？不狩不猎，胡瞻尔庭有县貆兮⑤？彼君子兮，不素餐兮⑥！

坎坎伐辐兮⑦，置之河之侧兮，河水清且直猗。不稼不穑，胡取禾三百亿兮⑧？不狩不猎，胡瞻尔庭有县特兮⑨？彼君子兮，不素食兮！

坎坎伐轮兮⑩，置之河之漘兮⑪，河水清且沦猗⑫。不稼不穑，胡取禾三百囷兮⑬？不狩不猎，胡瞻尔庭有县鹑兮⑭？彼君子兮，不素飧兮⑮！

注 释

①坎坎:伐木声。
②干:河岸。
③涟:风吹水面成波纹。猗:语助词。
④胡:何。廛(chán):同"缠",束。
⑤县:同"悬",悬挂。貆(huán):小貉。
⑥素餐:白吃饭。
⑦辐:可做车辐的木材。
⑧亿:通"繶",束。
⑨特:三岁之兽。
⑩轮:做车轮的木材。
⑪漘(chún):河岸。
⑫沦:微波。
⑬囷:通"稛",束。
⑭鹑(chún):鹌鹑。形似小鸡,味鲜美。
⑮素飧(sūn):同"素餐"。

题　解

这是一首描写伐木工人对不劳而获的剥削者的揭露和讥讽的诗歌。先由伐木工人叙述伐木之过程和所见水流之情景,再转到当时所见官宦富豪人家家境的一番景象,于是便加以责问和讥刺,表达了他们对这种不平等现象的不满情绪。

赏　析

这是一首伐木者之歌。他们在河边砍伐檀树,以给统治者造车。诗中他们愤怒地揭露和斥责统治者不劳而获的行径。他们正是在繁重的无休止的劳动中,从劳者不得和获者不劳两种社会现象的对比中,认识了统治者的剥削本质。本诗是国风中体现"饥者歌其食,劳者歌其事"的出色诗篇。

全诗三章,以复叠的形式反复吟唱,来表达主题。每章又分三个层次:第一层是描写伐木者伐木造车,第二层是揭露统治者不劳而获的剥削行径,第三层是讽刺他们是白吃饭的家伙。三个层次,其内容似乎不很连贯,而实际上则是十分紧凑的。首先是歌唱自己的劳动生活;然后联系到为什么要砍伐檀树,是为了替统治者造车,而这些统治者是过着不劳而获的享乐生活的人们;最后斥责他们是吃白饭的家伙。义正词严,感情激越。

描写伐木者伐木造车之过程,富于艺术特色。先是刻画伐木之声。坎坎,即"铿铿",这是一个拟声词。因为檀树木质坚硬,所以砍伐起来铿铿作响。树木砍下来之后,还要把它运送到河边,充分表现伐木劳动之艰难辛苦。接着描写河水:河水十分清澈,并且变幻多姿:有时水面微微动荡,有时波纹径直,有时泛起微波。在伐木者的眼中,河水异常优美,这是他们对自然景象的欣赏,优美的景象对他们来说是一种精神的享受。诗人写此,其用意当在于此。下面,笔锋转向让他们伐檀的统治者。是谁使用这坚固的檀树造的车子?正是压迫剥削他们的统治者。于是责问他们:"你们不稼穑,不狩猎,却为什么粮食、野兽满庭院,而劳动者却一无所有?"最后说:"你们这些'君子',不是一群吃白饭,本性贪婪的寄生虫吗?"意气激越难平,用反语进行指斥,感情达到了最高峰。

诗歌在句式上灵活多变,从四言、五言、六言、七言至八言都有,使感情表达得到自由而充分地抒发。可以说,这是一首早期的杂言诗歌。

硕 鼠

　　硕鼠硕鼠①，无食我黍！三岁贯女②，莫我肯顾③。逝将去女④，适彼乐土。乐土乐土，爰得我所⑤。

　　硕鼠硕鼠，无食我麦！三岁贯女，莫我肯德⑥。逝将去女，适彼乐国。乐国乐国，爰得我直⑦。

　　硕鼠硕鼠，无食我苗！三岁贯女，莫我肯劳⑧。逝将去女，适彼乐郊。乐郊乐郊，谁之永号⑨？

注 释

①硕鼠:大老鼠。

②贯:服侍。

③顾:思念。

④逝:通"誓"，发誓。

⑤爰:于是。

⑥德:报德。

⑦直:通"职"，处所。

⑧劳:慰劳。

⑨永号:长呼。

题 解

本诗内容是反映农奴讽刺奴隶主压迫剥削自己,发誓要逃离此种境遇而寻求心目中的乐园。在奴隶制时期,奴隶没有人身自由,任奴隶主奴役,劳动果实亦全为奴隶主所占有,身心备受折磨。他们希望摆脱这种束缚和痛苦,获得人身自由,此诗真实地反映了他们的心声。全诗共三章,以重章叠句的形式,反复申述这种强烈的愿望。民歌的初作者,应该是农奴自己。此诗用以发泄其对奴隶主的愤恨和对自由的向往,然后再经采编者润泽而保留在《诗经》之中,成为难得的传世佳篇。

赏 析

阅读这首诗歌,我们会遇到一些让人困惑不解的问题,如:按通常的说法,所谓农奴制,就是农奴没有人身自由,对奴隶主处于人身依附的地位,经济上受剥削,劳动的果实全为奴隶主所占有。可是本诗却说"多年来服侍你"("三岁贯汝")。三年,指多年。这里就点出了一个时间期限问题。那么,在这之前,他们又在哪里?在干什么呢?又说,"你(奴隶主)不肯顾念我、报答我、慰劳我"("莫我肯顾""肯德""肯劳")。则很明显,两者之间又不是奴役与被奴役,处于截然对立的状态。这就有违于通常的说法。该怎么解开这一困惑呢?这里就提出了一个农奴制的性质问题,似乎诗中所反映的不是典型的形态,而是一种具有特殊性的形态。其特殊性表现在:第一,农奴并不终身依附于一个农奴主,他们具有转移其归属的自由;第二,农奴主与其农奴之间,并不是处处事事都不能相容,其间也存在着一定的人情关系。本诗所反映的这种情况,也不是个例,我们在《豳风·七月》中同样可以看到(详见对此诗的分析)。这就直接关系到我国古代农奴制形态和此诗的创作背景问题。所以,阅读本诗,对于研究农奴制形态,特别是存在于我国古代的农奴制形态,都具有很大的意义和价值。

再从艺术上分析此诗的优异之处。一开始,就用一个形象的比喻,用以指说奴隶主是一群大老鼠。人之常识,老鼠不仅形象丑陋,而且其本性狡黠而贪得无厌。"老鼠过街,人人喊打。"这民间俗语,道出了人们讨厌它并且以打死它为快的共同心理。所以,这里借用老鼠这一形象,就将奴隶主的本性生动地刻画出来了。不仅如此,奴隶们对他们的憎恨和鄙薄的感情也自然地蕴含于其中。再通观全诗,还可以体会到,这一比喻又起到了铺垫抒情基调的作用。所以,一个比喻能起到如此作用,可见它具有很大的能量,不能不说是一种十分巧妙的艺术表现手法。

下文即过渡到正面述叙。接着的两句即说,"多年来服侍你,却得不到关顾、报答和慰劳。"一个"女"(你)字,就将他们和"硕鼠"很自然地联系了起来,并且也无须指明其具体所指者为农奴主,而其意自明。此过度亦堪称自然灵巧,不可多得。再接着的两句即说,"发誓要离开你"。义无反顾要离开,这是必然引出的结果,是感情的升华。那么去往哪儿呢?弃暗投明,是明智的选择。抛弃受尽折磨的劳役生涯,去往那充满自由快乐的地方(所谓"乐土""乐国""乐郊",是一个意思)。说"彼",是有所定向。而说"乐土",实际上是指现实社会中比较理想之地,也即具有"善政"的奴隶主领地。它是比较而言,分明富有感情色彩。这里应该明白的是,它绝不是指奴隶们想入非非地又漫无目标地要去寻求"世外桃源"。我们可以设想,这何去何从,非同小可,是关系着他们终身的大事,所以,此次转移其归属,必取极其慎重的态度。

再看每章的结尾两句,均是抒情之笔,用以抒发得其企求之后的感情。诗人使用叠词来加强这种感情的表达。农奴们抑郁的满腔激情犹如火焰的喷发。通观全诗,其抒情从愤恨无加到其乐陶然,跨越两极,而最后则达到了顶峰!

山 有 枢

　　山有枢①，隰有榆②。子有衣裳，弗曳弗娄③。子有车马，弗驰弗驱。宛其死矣④，他人是愉。

　　山有栲⑤，隰有杻⑥。子有廷内⑦，弗洒弗扫。子有钟鼓，弗鼓弗考⑧。宛其死矣，他人是保⑨。

　　山有漆⑩，隰有栗⑪。子有酒食，何不日鼓瑟？且以喜乐，且以永日。宛其死矣，他人入室。

注　释

①枢:树名,即刺榆树。
②隰(xí):潮湿的低地。榆:树名。
③曳:拖。娄:同"搂",牵拉。曳、拖:在这里是指穿着。
④宛:犹"若"。
⑤栲(kǎo):树名,即山樗。
⑥杻(niǔ):树名,即檍树,俗称菩提树。
⑦廷内:犹堂室。
⑧考:敲击。
⑨保:占有,据为己有。
⑩漆:漆树。
⑪栗:栗子树。

题　解

　　这是一首规劝诗,劝导那些唯知保守家产而不知道享受的庸庸之辈。诗分三章,分别从穿着服饰、驱驰游乐,居室清理、敲钟击鼓,饮酒作乐三方面做阐述;并告诫他们,生时倘若不能享受,则一旦死后就必然全归他人所享用。利弊得失昭然若揭,恳挚之意通贯全诗。

赏　析

　　阅读本诗,首先遇到的是人的生活境界问题。有高尚的,有平常的,但是只要不是卑微低级的,就应当肯定。本诗所提到的人,拥有一份家产,诗人教导他们要会料理、使用、玩乐、享用,会生活,即从生理到精神上,都获得生活的乐趣。这虽非高尚,但也无可厚非。对于这样的特殊人群,由于他们生活境界的起点低,所以开导亦必须恰如其分。诗人先教他们摆脱懒散平庸的习性,振作起来,迈开生活的步伐。这当然不是生活境界的终极目标,不过是起步而已。

　　下面我们先来看看他们的性格特征:第一,懒散成性,一无所求。他们有衣着服饰,却懒得享用。有庭院,却不清扫(当然是指使仆隶清扫),完全是龟缩在芜杂的蜗室里过着空虚无聊的生活。第二,以蜗居自足,懒于出门。他们拥有车马,却不知道天地无比光辉灿烂,世界气象万千,大可跃马扬鞭,驰骋广袤,尽情去领略自然风光。第三,生活枯燥,与文化娱乐无缘。府上有钟鼓设施,亦有琴瑟,却不鸣鼓击钟而与之绝缘。

　　这样闭门寡居的人物,真让人不可理解。在现实社会中,这样的角色也许会有,但必然是极少的。所以,这里诗人是将之典型化了。对于这样的人群,诗人从利害关系上警示他们,使其猛醒,从而投入生活的海洋,发挥才智,享受无穷的乐趣。

　　本诗是说理诗,其说理运用生前和死后两相对比的手法,言辞尖刻锋利,而其理却浅显易明,使人容易接受。

鸨　羽

　　肃肃鸨羽①，集于苞栩②。王事靡盬③，不能蓺稷黍④。父母何怙⑤？悠悠苍天⑥，曷其有所⑦？

　　肃肃鸨翼，集于苞棘⑧。王事靡盬，不能蓺黍稷。父母何食？悠悠苍天，曷其有极⑨？

　　肃肃鸨行⑩，集于苞桑。王事靡盬，不能蓺稻梁。父母何尝？悠悠苍天，曷其有常⑪？

注　释

①肃肃：模拟鸟类羽翼扇动的声音。鸨(bǎo)：鸟名。像雁而大，背上有黄褐色和黑色斑纹。足有蹼而无后趾，故栖息于树上不能站稳，需要不断地扇动羽翼才能取得平衡。羽：辅助。

②集：栖息。苞：草木丛生。栩(xǔ)：栎树，也称榨树。

③王事：君王的差事。靡：无。盬(gǔ)：止息。

④蓺(yì)：种植。

⑤怙(hù)：依靠。

⑥悠悠：遥远的样子。

⑦曷：怎。句谓怎能有安身之处所。

⑧棘：酸枣树。

⑨极：终极。

⑩行：飞行。

⑪常：正常的生活。

题 解

此诗写一个服徭役者诉说在外役事劳苦,而家中父母无人供养,万分痛苦,盼望能过上正常的生活。那个时代,年轻人被征而服徭役是常事,劳苦不堪,生死未卜,而家中父母失养,这是一个普遍的社会现象,是一种无可逃避的人为灾难。本诗共三章,以服役者的口吻反复申述这种痛苦,深切盼望能过上正常人的生活。诗歌中反映的这种情况很有代表性,具有普遍价值。

赏 析

本诗值得欣赏的有以下两个方面。

首先,诗歌开头以鸱鸟起兴,不仅形象生动,而且十分贴切。描写鸱鸟,仅取其栖息时的情状。它为了能栖息,需要不停息地扇动翅膀,其不易可想而知。征夫见此情景,便联想到自身。鸱鸟之无奈,固然值得同情,而自己的处境还不如一只鸱鸟。你看,不仅自己生活不得安宁,连同父母的生活也不能安宁,双方一直在痛苦中艰难地支撑。父母与自身的这种遭际,又有谁来同情呢,只能自怜而已。所以诗歌一开头出现鸱鸟栖息的镜头,亦就为下面的抒情布下了悲哀无奈的气氛。

其次,征夫在抒情中,为什么要一再地呼喊"悠悠苍天"呢?这是从内心迸发出来的呼声。呼天抢地,古今无别,乃是人之常情,是人在极度悲痛时的一种不自觉行为。何以如此?这个问题很有趣味,奥妙莫测。人们可以有各种解释,但至今也无法获得一个大家认同的答案。司马迁在《史记·屈原贾生列传》中就对这种现象做出过探讨,发表了自己的见解,可以供我们参考。他是这样说的:"夫天者,人之始也;父母者,人之本也。人穷则反本。故劳苦倦极,未尝不呼天也;极痛惨怛,未尝不呼父母也。"屈原因忧愁痛苦而作《离骚》,用以发泄满腔的怨愤。司马迁认为,呼天是由于天是人的本源,即人是天地所生。这与人也都会呼喊父母一样,因为人是由父母所生,两者是相一致的。它是一种潜在的根植于人心的意识。然而诗中的主人公呼喊天,是不是也出于这样的意识呢?不完全是。我们知道,当时的人们,还普遍地把天看作是人类的主宰,拥有至高无上的权力。对此,我们只要看看处在春秋末期的孔子的观点就可以知道。他在被迫离开鲁国而出游列国寻求政治出路期间,有一次被人所围困,处境很危险。可是他却处之泰然,说:"自己掌握着周朝的礼乐仪制,如果天不想消灭它,你们将把我怎么样?"孔子被誉为圣人,尚且认为能为自己做主,帮助自己,保护自己。这就可见一斑了,所以不难理解诗中的主人公正是盼望天能帮助自己,使自己终止这种痛苦的生活,获得安身之所,有正常的生活。这个问题,我们还可以从诗文每章的末句都用一个"曷"字来看,其紧接上文呼天之意,也可以察见他诚然是在向天申诉,希望"天知道",从而获得保佑。以上见解,或许有误,在此不过是作为学术探讨而提出自己粗浅的看法,以供参考。

鸨羽

葛　生

葛生蒙楚①，蔹蔓于野②。予美亡此③，谁与独处④？

葛生蒙棘，蔹蔓于域⑤。予美亡此，谁与独息？

角枕粲兮⑥，锦衾烂兮⑦。予美亡此，谁与独旦？

夏之日，冬之夜⑧。百岁之后⑨，归于其居⑩。

冬之夜，夏之日。百岁之后，归于其室⑪。

注　释

①蒙：覆盖。楚：荆条。

②蔹(liǎn)：多年生蔓草，木竹藤，有卷须，适于攀缘。蔓：蔓延。

③美：美好的伴侣(此为丈夫称妻子)。亡：藏身。此：指墓地。

④谁与独处：应在"与"字读断。意思是我的美好伴侣不在人世而藏身地下，谁伴随着她？还不是独自在那里。

⑤域：指墓葬地。

⑥角枕：牛角枕，敛尸的物品。粲(càn)：华美鲜丽的样子。

⑦锦衾(qīn)：锦缎被子。烂：灿烂。

⑧冬之夜：冬天的夜晚是漫长的。极言自己未来的日子不易熬过。

⑨百岁之后：犹言"死后"。

⑩居：指坟墓。

⑪室：意同"居"。

题 解

　　这是一首夫妻间一方丧亡而另一方进行悼念的诗歌。全诗共五章,在内容上分成前三章和后两章两部分。前三章是生者在墓地的悼念,后两章是表示自己死后同穴的心愿。写出了夫妇之间无法分离,犹如比目之鱼;要生则相伴,死则同穴,充分体现了双方感情的坚贞不渝。

赏 析

　　这是我国诗歌史上最早出现的悼亡诗,它所体现的思想内容和艺术表现手法都非同一般。有学者赞誉它"为悼亡诗之祖,亦悼亡诗之绝唱"(今人朱守亮《诗经评释》),此说值得参考。下面我们从其思想内容和艺术表现手法这两方面做一些分析。

　　第一,从其思想内容上看,它赞美忠贞不渝的爱情。这种爱情是同心同德。生则不离,死则同穴,生死相伴,是双方共同的心愿。考察我国婚姻演变的历史进程,知道夫妇关系的建立乃是人类文明的重要标志。尤其在我国,它很早就已经成为人们的一种基本素养,深入人心,在心理上根深蒂固,并且代代相传,世代不衰。在我国历史上,这方面相传的动人事例,古往今来,多若繁星,无法尽计。再从文学艺术这个领域来说,它已成为创作的经久不衰的传统主题。至今仍广为人知的作品也还为数甚多,而它们又反过来对社会发挥着能动作用,影响着精神文明的建设,其社会作用可谓深广。而本诗,则是在这个领域中属于开创性的作品,无论在思想内容上,还是在艺术表现手法上,其创作经验,都给后人提供了借鉴,故其价值例当看高一等。

　　第二,从艺术表现手法上看,体现在以下两个方面。

　　首先,是情景水乳交融。它景中有情,情中融景,达到两者的有机统一。诗歌的第一、二两章开头即写景。墓地葛藤蔓延生长,披覆在荆条上和地上,显得十分荒凉。这样的景色描写,即带着凄凉哀伤的感情。在这里,写景无非是为了创造气氛和表达感情,而表达感情则是根本的出发点。所以,写荒凉冷清,正是要写出其内心的凄凉冷落之情。也只有这样写,抒情才显得凝重而有色彩。接着两句即抒情。"我那美好的人儿,如今藏身在此墓穴之中。""亡",

葛生

不是死亡的意思,在这里是用其原意。《说文》解释是"逃"的意思。其字由"人""乚(yǐn)"组成。"乚"的意思是隐匿。段玉裁《说文解字注》谓进入曲折隐蔽之处。所以亡的本意是进入隐匿之处所。人一死,阴阳两隔,再不能相厮守。诗中的"亡此"实际上就是葬此,但前者却带有虽死犹生的含义。接着就问"谁与你在一起呢",并自答说"还不是你独自一个人"。这样描写,就在抒情中勾画出情景,描绘得栩栩如生,似乎照样可以交谈。作者把一片死寂的场景给写活了,可谓是神来之笔!

其次,在全诗的结构处理上,前后呼应,却又浑然无迹。前三章末尾设问:"是谁伴随着你?"回答是:"无人相伴。"这里应当注意的是,说逝者孤单,也就侧面表达了诗人自己的孤单。这一层意思,全在不言之中。接着的后二章,即表达自己生活的孤单,日子难熬,而只有到了归于同穴这一天才得解脱。双方重新相伴,这是自己所期盼的归宿,这就正是对"谁与"做出了回答。两者之间,不露针迹,却浑然相连。此种笔法,真令人赞叹!

蒹　葭

蒹葭苍苍①，白露为霜②。所谓伊人③，在水一方。溯洄从之④，道阻且长⑤；溯游从之⑥，宛在水中央⑦。

蒹葭萋萋⑧，白露未晞⑨。所谓伊人，在水之湄⑩。溯洄从之，道阻且跻⑪；溯游从之，宛在水中坻⑫。

蒹葭采采⑬，白露未已⑭。所谓伊人，在水之涘⑮。溯洄从之，道阻且右⑯；溯游从之，宛在水中沚⑰。

注　释

①蒹(jiān)：初生之荻。葭(jiā)：没有长穗之芦苇。苍苍：青色。
②白露：秋天的露水。为：凝结成。
③伊人：犹言"那人"。
④溯(sù)洄：逆流而上。从：寻求。
⑤阻：险难。
⑥溯游：顺流而下。
⑦宛：仿佛。
⑧萋萋：茂盛的样子。
⑨晞(xī)：干。
⑩湄(méi)：水边。
⑪跻(jī)：向上登。
⑫坻(chí)：水中高地。
⑬采采：茂盛的样子。
⑭未已：指还在。已：止。
⑮涘(sì)：水边。
⑯右：指迂曲。
⑰沚(zhǐ)：水中小洲。

题　解

这是一首由一方寻求意念中的另一方的诗篇。由于全诗内容扑朔迷离,不辨其真实,所以无法推断其创作的时代与社会背景。内容是描写在深更半夜有一人在孤苦地寻求着另一人,而他却根本不知其行踪,恍若在某处而终无其影。诗分三章,内容相类似,反复其意,以突出寻觅之难。

赏　析

这是一首罕见的朦胧诗。反映一种空灵的意境,是它的显著特色。阅读这首诗,会觉得诗人所展示的场景是若有又无,在有无之间。不仅被寻求者如此,连同寻求者自身亦不可捉摸。被寻求者是谁?他又在哪里?他在干什么?他到底是否存在?一连串的问题,无一可以稍得其真。就是这个寻求者,亦复同样。他是谁?为什么要去寻求对方?他是否知道对方的所在?能寻求到对方吗?如此种种,都让人如坠入云里雾中。这体现了诗人所独辟的意境,创造的一种空灵之美。

先来看被寻求的这个人:看不到他的形象,连个影子也不见,更不知其是男还是女;他所在的处所,为什么好像远在河水的那边,又好像在河水的这边,完全不可辨别其所在的方向和处所。似乎在捉迷藏,而捉迷藏还是实有其人和其处所,而此人却一概茫然,所以连个"幽灵"都谈不上,只不过存在于寻求者的意念之中罢了。

再来看寻求者:他是主动者,似乎该有形象,可是实际上同样无其面目,形影全无,更不知其性别、身份和年岁。他为什么要那样执意地寻求对方?和对方是什么关系?为什么又要在深更半夜至天明这个时间去寻找对方?他凭什么在行动?如此等等,全模糊莫测。所以,实际上我们所能知道的,只不过是寻求者的一种意念存在罢了。

根据上述分析,我们有理由推断:首先,这个被寻求者实际上是并不存在的。不然,怎么会如此忽东忽西,飘忽无定?假如果真有其人,他会有这样超人的本领吗?其次,这个寻求者虽实有其人,但是诗人意在突出他被某种意念所支配左右,其他的,如此人的面目、身份、性别等诸要素,相比而成为次要的,故诗人均省略而不着笔墨。诗人的用心,在于突出他被某种意念所驱使,而将它作"诗化"的表现。这种描写手法颇为罕见,似为诗人所独创。当然,这样的表现手法体现了他的构思技巧,即某个人虽已去世,然而在人们的心目中却仍然无法割舍,感情上接受不了,希望他能返归。所以在追念者一方,就会有"你不能走,你在哪里"的强烈意念,以至于要去寻求他,让其归来,而事实上则不过是一种幻想而已。人或许能被某种意念所驱使,却不可能将处在"虚无缥缈"中的事物成为存在的现实。固然,人们对于值得尊敬的、关系亲密的人,怀着这份意念是可贵的,在历史上和现实生活中亦有其例。诗人综合其例,在描写中干脆略去其形象,而注重其意念,这种创作手法可谓是别出心裁,甚有参考价值。

  以上分析的是空灵的意境所具有的特色。下面再来鉴赏本诗在描写上情景交融的优异之处。一开始,诗人就着力描写主人公出现的自然环境,是处于深秋的深夜,眼见得晶莹剔透的露水渐渐地凝结成白色的霜,天气越来越寒冷可想而知。环境的凄凉静寂,正是为渲染他悲伤惆怅的心情。可以体会到,其情即包含在景色之中。连带要回答的问题是,为什么他要在深更半夜直到天明这个时间段去寻找对方呢?答案实际上比较简单:因为他是在夜以继日、日夜不息地寻求对方。由白天到夜晚,又从夜晚到白天。而从深夜到天明,则是最辛苦难熬的时刻,这就勾画出它的"典型环境"。

  在句式方面,本诗运用的重章叠句也富于独特性。各章仅变换了个别对应的词,在思想内容的表达上起到递进的作用。例如写白露的"为霜""未晞""未已",写出了白露从凝结成霜到溶化为水再逐渐干涸的过程,表现了时间的推移。虽则如此,而主人公思念并寻求意中人的拳拳情义却矢志不移。又如写寻求之道路的重重阻碍,它既"长"又"跻"且"右",是从不同角度写出路途之艰险,用以衬托主人公万难不辞的精神。

黄　鸟

交交黄鸟①，止于棘。谁从穆公②？子车奄息③。维此奄息，百夫之特④。临其穴⑤，惴惴其慄⑥。彼苍者天，歼我良人⑦。如可赎兮⑧，人百其身⑨。

交交黄鸟，止于桑。谁从穆公？子车仲行。维此仲行，百夫之防⑩。临其穴，惴惴其慄。彼苍者天，歼我良人。如可赎兮，人百其身。

交交黄鸟，止于楚。谁从穆公？子车鍼虎。维此鍼虎，百夫之御⑪。临其穴，惴惴其慄。彼苍者天，歼我良人。如可赎兮，人百其身。

注　释

①交交：鸟飞来飞去的情状。黄鸟：黄雀，形状如雀而黄色。
②从：从死，即殉葬。穆公：秦穆公（公元前？—前621年），春秋时秦国国君，是"春秋五霸"之一。
③子车：复姓。奄息：人名。穆公时贤臣。下文子车仲行、子车鍼虎同此。
④夫：为男子之称。百夫：众多男子。特：杰出者。
⑤穴：墓穴，即殉葬之墓穴。
⑥惴惴(zhuì)：恐惧的样子。慄：发抖的样子。
⑦歼：杀死。良人：贤良之人。
⑧赎：抵押。
⑨人百其身：句谓百人愿意以自身做抵押。
⑩防：当。言其一人可相当百夫。
⑪御：当。意同"防"。

题　解

此诗反映了春秋时期秦国人对秦穆公以人为殉之暴行的谴责,同时对被殉者深表哀痛。本诗的写作背景在《左传》与《史记》上都有明确的记载。《左传·文公六年》(公元前621年)载:"秦伯任好卒,以子车氏之三子奄息、仲行、鍼虎为殉,皆秦之良也。国人哀之,为之赋《黄鸟》。"《史记·秦本纪》载:"缪(穆)公卒,从死者百七十七人。秦之良臣子舆(车)氏三人名曰奄息、仲行、鍼虎,亦在从死之中。秦人哀之,为作歌《黄鸟》之诗。"可见诗作于公元前621年。作诗者是秦国人,具体为谁则不知。全诗分三章,用重章叠句的形式分别写奄息、仲行、鍼虎三人,充分体现了当时秦人的强烈感情。

赏　析

诗歌体现了多方面的独到之处。在思想内容上,首先充分表现出当时秦国人民强烈的爱憎感情。所憎恨者,是秦穆公。固然,就秦穆公而论,在历史上,对他基本上都持肯定的态度。他使国势强盛,又开辟西戎,使秦成为西方诸侯之首。其势力所及,不仅独霸西域,而且影响中原,堪称霸主。如此国君,国人对他必定拥护。然而不因此而掩护其罪恶。对于他滥杀无辜以为自己殉葬之暴行,则强烈谴责。殉葬,是奴隶制时期统治者所采用的一种极端残酷野蛮的丧葬形式。随着社会的进步,文明的推进,革除此种恶俗,势不可免。所以到了春秋时期,它已因逐渐遭到自上而下地普遍地反对而被废弃。时代潮流如此,他却倒行逆施,故势必激起人民的愤怒声讨,以伸张正义。相反,人们对于受害者,则深表同情和痛惜。诗中所举之三人,称之为"良人",这与《左传》所载为"秦之良"一致。而《史记》则称为"良臣"。良臣,即贤臣,可知其身份并非一般之人。对于几个贤臣,国人的反响如此强烈,甘愿为之做出牺牲,说明他们也绝非是一般的所谓贤臣而已,其身份当为颇有影响的君国大臣,而人民对他们也十分敬爱。从以上两种情况的对比中,可见秦人对所当憎者与所当爱者,都表现出十分鲜明的态度。这里特别要注意的是,秦国人对国家杰出人士的敬爱达到了崇拜的程度,为了挽救他们的生命,竟然不惜以自我牺牲为代价。这种精神在其他诸侯国是难得一见的。说"自我牺牲",其概念容易

· 黄　鸟 ·

造成混淆，故在此有必要加以疏解。它绝不是偿命的意思，而是将自己作为抵押品的意思。我们如此说，是根据于"赎"的本意。《说文》解释云："赎，质也。"质的意思是抵押，即以财物或人做保证。我们现在所说的"人质"正是这个意思。所以诗中所言，是表示百人愿意以自身做抵押，而不是愿意偿命。做抵押，即不再是自由民，失去了自己自由的身份。试问，为了挽救三人的生命，以自己的自由身份做代价，这是多么大的牺牲精神！假如把它误解为偿命，谓以百人之生命，去换取三人的生命，则于情于理合适吗？反对殉葬，而自己倒反愿意成为殉葬之人，不荒谬吗？

在艺术表现上，它使我们领略了殉葬现场的景象。古代殉葬的真实情景，罕见于资料的记载。诗中却描写了一个使人恐惧的镜头。这三个即将被杀殉的人，面对身前的墓穴，全身在发抖。现场被一种恐惧的气氛笼罩着。有此一笔，就使人犹如身临其境，自己也会不由自主地不寒而栗。至于接着杀殉如何进行，则概付省略。因为凭此一句，已可设想其惨不忍睹血淋淋的后续之事，故此实为切要之笔，精彩无加。

再说，诗歌用黄鸟起兴，也自具特色。一开头就描写了黄鸟往来飞行之貌，它们一会儿停息在酸枣树上，过一会儿又停息在桑树上，再过一会儿又停息在荆树条上。天地宽广，多么的自由！相形之下，则是一百七十七人被捆绑着，一片死寂的气氛在笼罩着。两相反衬，愈加见其恐怖。如此起兴，效果堪称奇妙。

无　衣

岂曰无衣？与子同袍①。王于兴师②，修我戈矛③，与子同仇④。

岂曰无衣？与子同泽⑤。王于兴师，修我矛戟⑥，与子偕作。

岂曰无衣？与子同裳⑦。王于兴师，修我甲兵⑧，与子偕行。

注　释

①子：对男子的称呼。袍：长袍。句谓和你穿上同样的长袍。
②王：指秦国国君。于：语助词，无实义。兴师：发动军队。
③戈矛：都是长柄兵器，戈平头而旁有枝，矛头尖锐。
④同仇：一致地仇恨敌人。
⑤泽：通"襗"，长袍的贴身内衣。
⑥戟(jǐ)：是合戈矛为一体的武器，可以直刺和横击。
⑦裳：下衣。
⑧甲兵：铠甲，军人所穿的护身衣服，用皮革或金属制成。

题 解

这是一首在秦国民间流传的民歌,用于激励战斗意志。全诗共三章,各章内容相同,都是以士兵的口吻相告诫,谓在国君要起兵之时,大家当一样地穿上战衣,修好兵器,起来出击敌人。充分体现了秦国士兵尚武的风尚。士兵平时即以传唱此歌为习,用以鼓舞和激发大家时刻都能具备征战的精神气概,其出发点是很明确。今天我们诵读诗文,也仍然可以感受到它所饱含的激昂慷慨的气势。

赏 析

这是一首民间的战备歌曲,显著特点是体现出奋发昂扬的战斗意志。秦民族具有尚武之风习,这是有其根源的。溯其根源,大致如下:在西周周孝王时,即命嬴姓部落首领非子在汧、渭间(都在今陕西境内)养马,因获得显著功效,于是封其于秦邑(今甘肃天水)。至周平王东迁之时,秦襄公以兵马护送平王,功绩显著,于是被封为诸侯,赐以岐以西之地(今陕西岐山东北)。周平王曰:"戎族无道,侵夺我岐、丰之地。秦若能将其驱逐出境,则据有其地。"并与秦襄公立誓,赐以封爵,于是襄公始建立秦国。此后,其势力日益强大,至春秋时拥有今陕西之全境。综上所述,可知其尚武之风习,不是一年半载养成,而当追溯到其养马驯马之时。另外,这又与其所处地域与戎相邻直接相关。戎好侵伐,故不得不时时处于戒备状态。当然,这也与其肩负着保卫周王朝的使命有关。以上所述,我们也可从班固的《汉书·赵充国辛庆忌传赞》中得到证实。文中说:"由于其地迫近羌胡(泛指边境少数民族),民俗修习战备,高上勇力,鞍马骑射。故秦诗曰:'王于兴诗,修我甲兵,与子偕行。'其风声气俗自古而然,今之歌谣慷慨风流犹存耳。"此正可视为对本诗最恰当的注解。它作为战备歌曲,具有以下的特点。

一、诗的主人公是群体的一员,是以他的口吻相告诫。而"子"则是群体的另一员。正是通过他们两人的对话,来反映全体形象。

二、此诗的体例可视为对话体,只不过在形式上略显特异。首句"岂曰无衣",其语气分明是反诘。我们由紧接的"与子同袍"句可以得知,它是对"子"

的问话做反诘式的回答。要不然，若无"子"的发问，他的反诘就显得突兀。而此后之言，也正是他对于"子"的告诫之辞。

三、从他们对话的内容看，不仅颇为充实，并且先后轻重也十分得体。先从各章的叙述层次看，先为衣装，次为武器，最后为思想。从总体看，可名之谓"整装待发"。不过，此"装"的含义，不仅只是行装而已，同时包括武器。除了服装、武器而外，更重要的是思想精神上的"武装"，三者不加偏废，才是全面而充实的战备。如此考虑，才是主次分明、轻重得体的战备。可见诗人的考虑非常全面周到。

最后，有必要分析一下《左传·鲁定公四年》（前506年）所载，楚国为吴所败，郢都被攻陷，危在旦夕。于是申包胥求救于秦，于秦廷痛哭七日七夜，秦哀公为之赋《无衣》，答应出兵击吴救楚，终于击败吴军。这是历史上的著名事例。那么，秦哀公以赋《无衣》作为表态，是什么意思呢？《无衣》之内容与其表态，可谓毫不相干。对此，我们有必要做一些解释。这种现象，在历史上称为"赋诗明志"，它在春秋时期的各种礼交场合，尤其是诸侯国之间的礼交场合，十分流行，几乎成为一种风气。它的表意机制是：一方将自己所要表达的思想，通过选择某一诗作为信息符号，向另一方发出；而另一方则将此信息符号，还原成对方所要表达的真实思想。这样，就达到了交流思想的目的和效果。（详拙作《对于"赋诗言志"现象的历史考察兼论〈诗经〉的编集和演变》，见《东方丛刊》1996年第2辑。）《无衣》是表示备战出征，则秦哀公分明是借用此意表示自己将出兵救楚之意向。

东门之池

东门之池①，可以沤麻②。彼美淑姬③，可与晤歌④。

东门之池，可以沤纻⑤。彼美淑姬，可与晤语⑥。

东门之池，可以沤菅⑦。彼美淑姬，可与晤言⑧。

注　释

①东门:指陈国都城的东门。池:指东门外之水池。
②沤(òu):长期浸泡。
③淑姬:善良的姬姓姑娘。
④晤(wù):面对面地。
⑤纻(zhù):麻的一种。
⑥语:争辩。
⑦菅(jiān):草名。一种多年生草本，茎叶经浸泡变柔软后,可用以编织草席或筐子等物。
⑧言:直言胸臆。(按:古时"语"和"言"两者有别。《说文》云:"直言曰言,论难曰语。"可见直言是就单方面说的,论难是就双方的论辩说的。本诗将两者分别用于上下两章之中,更可见其有别。)

题　解

这是一首春秋时期产生于陈国的情歌,内容是反映一对青年男女间的亲密交往。陈国是一个小国。相传在都城的东门外,有一块开阔的场地,那里有"丘",有"池",有白杨树,是青年男女的聚会之地,他们可以在那里尽情地交谈、玩乐、恋爱。这样的风尚不知开始于何时,然而它已成为当地一种蔚然成风的习俗,反映在《诗经·陈风》中,就有多首,此诗即是其中之一。全诗共三章,分别描写一对青年男女的三次交往情节,呈现出了一种独特的民歌风格。

赏　析

此诗以青年男子的口吻叙述自己的劳动生活和他与一位善良姑娘的亲密交往,从中体现了他热爱劳动的品质,和他与女友交往时表现出的率真开朗,是一个令人喜爱的形象。

首先,来看看他的劳动生活。他所从事的是沤麻、沤菅等农事。这种劳动是十分艰苦的。通常是收获和压轧麻后,将它浸泡在水中。长时间地浸泡,会使其皮质腐烂,然后将麻浣洗干净。麻的皮质在腐烂的过程中发出臭气,而水质也变得污浊。处理菅草之事亦相类似。他说东门之池可以沤麻、沤菅,表明他所从事的劳动正是这个事,语气上不无自得之感,这就表明他是一个热爱劳动、不怕艰苦的好青年。

其次,再来看看他与文中那位少女的交往。首章描写与她面对面地对歌。虽然没有写出歌词的内容,然而互相交流了思想、联络了感情。可以设想,风趣幽默的歌声、手舞足蹈的动作,使双方天真活泼的个性得到充分表现。第二章,描写他们的交谈。"晤语"者,一方侃侃而谈,另一方静心倾听,这是一种直接交流思想的方式,从中也表明他们相互体贴和尊重。这无论对于加深友情,还是建立爱情,都是重要的。第三章,描写他们之间开展争论。二人有不同的看法,意见有分歧,能坦诚地各抒己见,辨明是非曲直,宽容平等,而不强加于人。能做到这一点,说明很有修养。双方意见不一,乃是通常之事,允许各抒己见,畅所欲言。只有具有气量和才识,才能做到这一步。双方做到了这一点,表明他们已建立真挚的友情,以及贴心的爱情。这里,我们还是单从男子的角度来审视,感到他富于涵养,具有鲜明的个性特征,体现了他是一个可爱可亲的人。

综观这三章的描写,可见他们的交往和爱恋完全不同于通常的谈情说爱的方式,而是富于生机。我们若将通常的方式比作涓涓流水,水到渠成,则此三章的描写可比作曲径通幽。这是因为,首章见其春意喧闹,二章则是细雨润物,末章又闻春雷滚滚,真可谓别具一格。

防有鹊巢

防有鹊巢①，邛有旨苕②。谁侜予美③？心焉忉忉④。

中唐有甓⑤，邛有旨鷊⑥。谁侜予美？心焉惕惕⑦。

注　释

①防：堤防。（按：鹊鸟只会在树上筑窝，而此言筑于堤岸，其寓意是，此言背离常情，不可听信。）

②邛(qióng)：山丘。旨：美味的。苕(tiáo)：一种豆科植物，即紫云英，茎叶嫩时可食用。（按：苕只生长在低湿之地，而此言生长于山丘，其寓意同样是表示此言背离常情，不可听信。）

③侜(zhōu)：蒙骗。予美：指自己所爱的美好之人，即指其爱人。揣摩句意，似男子说其爱人受人蒙骗。

④忉忉(dāo)：忧愁的样子。

⑤唐：古代宗庙和朝堂门内的大路。中唐：大路中间。甓(pì)：通"鹧"，鸟名。

⑥鷊(yì)：草名，即绶草。

⑦惕惕：忧惧的样子。

题　解

　　这是一首抒情诗,一男子由于自己美好的伴侣受人蒙骗,可能使得他们的关系遭到破坏,所以陷入忧愁和苦恼之中,诗即抒发其忧伤之情。当时的社会已进入一夫一妻制时期。一夫一妻制在我国古代的婚姻发展史上是一大进步。这种家庭模式,无论对于个体,还是社会,都是行之有效十分必要的。历史的这种选择,使它成为社会的风尚。珍惜并维护它,成了社会的道德行为准则。此诗所反映的背景即如此。可是该男子却遇到了第三者的干扰,并且其企图有可能会得逞,这给他带来极大的苦恼。全诗仅两章,思想内容相同。

赏　析

　　此诗令人费解的是,一开始,诗人采用托物起兴的手法,可是用以起兴的事物却是自己头脑中臆想的产物,在现实世界中根本就不存在。那么诗人为什么要用如此不同寻常的手法?他想要表达什么思想呢?要理解诗所要表达的思想内容,揭示其蕴藏的内涵,就必须首先扫除这一层迷雾。诗人在这里实际上是运用了隐喻的修辞方法。所"托"之事物世上不可能有吗?未必,如今这世上光怪陆离,什么事情都可能会发生。鹊鸟不可能在堤防上筑窝,紫云英不可能生长在山丘之上,宗庙和朝堂的大道之上不可能有鹝鸟,绶草也不可能生长在山丘之上,而人们都已见怪不怪。诗人正遭遇了本来不可能有的事情。明明不可能会有,而却已成为现实,诗人借此来"托"出一种怪象:虽是违背常理之事,却能混杂于现实之中,如同真实一般,模糊了视听。诗人借此还要表达的意思是:他们原本合理而稳定的爱人关系,却公然遭遇到了违背常理者的无理挑衅。简直不可思议!在诗中,用以起兴的事物,有四例,以表示其多,说明事态之严重,凶象之可畏!这一切都让人困惑不解。如此描写,就为下面的抒情做了铺垫。接着两句就直抒其情。

　　第三句说,"是谁在蒙骗我的美好的伴侣"。这里用一个"侜"字,很重要,是为事情定性,并表明了男主人公的感情倾向。将罪过归于第三者,是第三者在恶意挑衅,自己的爱人则是清白的。末句说,自己已陷入忧愁苦恼之中。这一句,初看是与上句互为因果,然而推敲一下,事情并不这样简单。试问,要是夫妻关系固如磐石,而其妻坚贞难犯,则第三者岂会怀其狼子野心?自己对此行为也必然蔑视有加,何至于落到忧愁苦恼之境地?所以这一句透露了难言的隐情,是为其妻讳。实际上,妻子已经不住第三者的诱惑,或者本身已移情别恋,而把他推入痛苦之深渊。上句还只是为其妻做辩护,这或许会让其妻可下台阶,而此句则直吐心灵之伤痛,望妻能体谅而回心转意。难言之隐痛,或即在此。两句八字,需要表达如此复杂的意思,使人吟咏领会,不愧为神来之笔!

·防有鹊巢·

月　出

月出皎兮①，佼人僚兮②，舒窈纠兮③。劳心悄兮④。

月出皓兮⑤，佼人懰兮⑥，舒忧受兮⑦。劳心慅兮⑧。

月出照兮⑨，佼人燎兮⑩，舒夭绍兮⑪。劳心惨兮⑫。

注　释

①皎：皎洁的样子，形容月亮之洁白。
②佼(jiǎo)人：美好之人。僚：借作"嫽"，娇美的样子。
③舒：举止从容自如。窈纠：形容体态轻盈、柔美动人的姿态。
④劳心：忧心。悄(qiǎo)：忧愁的样子。
⑤皓：明亮的样子。
⑥懰(liú)：美好的样子。
⑦忧受：意同"窈纠"，为叠韵词。
⑧慅(cǎo)：忧虑不安的样子。
⑨照：照耀。
⑩燎：借作"嫽"。
⑪夭绍：意同"窈纠"。
⑫惨：借作"懆"，忧愁不安的样子。

题　解

　　这是一首抒情诗,写某男子在皎洁的月光下看到一位娇美诱人的女子,十分爱慕而自觉遂愿难,因而焦躁不安。诗歌即抒发他的这种复杂的心情。见美生爱,是十分正常的现象,是人们必然的心理反应。本诗对此做了记录,诗人创作的出发点或许正在这里。全诗分三章,内容相近,便于反复吟唱,并加强感情的表达。

赏　析

　　值得我们关注的是,诗中描写此女子优美动人的方法,可谓不同一般。其方法分为三个层次:首先,以月光下幽静的环境为背景来进行烘托;其次,对她楚楚动人的姿态做侧重描写;第三,从"惊艳"的角度,刻画诱人的审美效果。

　　先来看第一点:一开始,就勾画了在皎洁月光下的清幽的环境氛围。诗人为什么要选择这样的景色和背景呢?这是因为:一方面,月色的朦胧,能给她造成一种朦胧之美,像处在仙境中一样,给人一种特殊的审美感受;另一方面,月色的皎洁,能达到美容的神奇效果,对于年轻的女性尤其是如此。再看诗人对月亮的描写,从"皎""皓"和"照"这三方面落笔。皎,指皎洁,突出其洁白;皓,指其明亮;照,意为照耀。这三者的表达,不是平铺直叙的,而是逐层递进的。皎是描写其色彩,皓是描写其功能,照是描写其效果。这三者虽有区别,然而又是相互关联而密不可分的。这样的描写,富于层次感,显得全面而周密无暇。以这样的景色和背景来映衬,方才能达到突出主体形象的作用。

　　再看第二点:第一句,描写她外观形象的娇美,第二句进一步刻画她姿态的楚楚动人。对于一个年轻女性之美,若只写其外观形象的娇美,则尚是浮浅的。只有进一步突出其姿态之美,动人心魄,以至令人倾心爱慕,方才是触及根本,揭示其具有魅力的原因所在。这两句,正符合这样的艺术表现要求。

　　最后看第三点:每章的前三句,还只是从该男子角度描写此女子形象之美,那么,她给他造成怎样的心理影响呢?这才是本诗所要表达的侧重点,亦即抒情的紧要之处。你看,他不是庆幸自己有眼福,却反而表达焦躁不安的情绪。为什么呢?必须廓清这一层迷雾。一般的情况,哪怕见美生爱,也只会感

·月出·

161

叹自己无此福分罢了,而他居然焦躁不安,这当然不是表现他精神失常,而是刻意表现他已经完全被征服。何以会到此程度呢?这就揭示了正是她的美俘获了他。诗人是从这个角度来突出表现女子之美的魅力,这与前面的描写是一脉相承的,是间接来表达她美,曲尽其意,于此可以洞察诗人之用心。

株　　林

"胡为乎株林①？从夏南②。""匪适株林③，从夏南。"

"驾我乘马④，说于株野⑤。乘我乘驹，朝食于株⑥。"

注　释

①胡为："何为"，为什么。株林：株邑的郊野。株邑是春秋时陈国大夫夏叔御的食邑。叔御死后，其子征舒（字子南）相承。句谓为什么到株林去？

②从：寻找。夏南：子南。

③匪：借作"彼"，指陈国君主灵公。

　适：前往。

④乘马：四匹马所驾的一辆马车。

⑤说：通"税"，停车休息。

⑥朝食：吃早饭。

题　解

这是一首讽刺陈灵公淫乱生活的民歌。其内容与史书所载完全吻合。《左传·宣公九年》载,夏叔御死后,陈灵公与其大夫孔宁、仪行父同夏姬(叔御之妻)私通。不仅如此,陈灵公他们还往往穿了夏姬的内衣在朝廷上相互戏弄取乐。《左传·宣公十年》又载,三人在夏氏家饮酒。陈灵公对仪行父说:"征舒长得像你。"仪行父回答说:"也像君主。"陈灵公与其污秽之臣的荒淫放荡,乃世所未闻,亦史无前例。从构思与措辞看,当是诗人怀着一股与民众同样的厌恶之情,愤然举笔撰作,使原始的民歌变得幽默多趣,而锋芒则犀利异常。全诗仅两章,内容分述其细节,以勾画其全貌。

赏　析

阅读此诗,不仅可以从史书上得到印证,而且可以从两者的比较中体会不同的表现手法。史书是"直笔",直叙其事,善善恶恶,毫不闪烁其词,隐晦其情。而反映于诗中,却言辞婉转,隐晦含蓄,寄意言外,讽刺尖刻。现对后者试做一些分析。

一、诗中将主人公的身份隐去。读者只知道有人在行动,却不知道其人是谁。诗人为什么要这样做呢?究其原因,则不外两个方面:首先是,因为主人公是堂堂的一国之君,而作为臣民,对于其丑行劣迹只能缄口不言、讳莫如深;其次是,陈灵公对于自己的丑恶行径已处之平静,国人可谓已路人皆知。故不做出示,正说明已无此必要。反之,倘若将其点明,则倒反落为赘笔。

二、诗人避言夏姬。陈灵公明明是去找夏姬淫乐,而诗中却说是去寻找夏南。找夏南做什么?夏叔御死了,作为君主是不可去探访其守寡之妻的。退一步说,即使夏叔御活着,君主也不可自行其是地去走访她的。现在,说成是去寻找夏南,则意为去看望亡臣之子,以示关怀。这样的掩饰之词,虽然勉强,但是也权且可以应付舆论。而从夏姬这一方面来说,这样说,也正可以将之作为掩人耳目的一块遮羞布。据说,夏姬长得俊美异常,本身十分淫荡,故对于这样恬不知耻、伤风败俗的勾当也沆瀣一气。于此我们可见,说"从夏南",是诗人的一种"曲笔",里面包藏着许多发臭的、见不得人的东西。

三、再将上下两章结合起来察看,可以获悉其全貌,即陈灵公与其污秽之臣的丑恶行径,乃是一而再、再而三的惯常行为。首章写其到株林去。二章具体写马车的行列一路浩浩荡荡的气势,又写其常一早赶到那里去吃早饭,真是迫不及待。其往返之频繁,已宛如回家一般。这样几个细节的组合,一幅陈灵公与其污秽之臣的丑行图就生动地被描画出来了。

另外,诗中只挂出"夏南"之名号,而对于夏南来说,真是冤枉得很!夏南自己的态度又是怎么样呢?我们从史书记载中知道,夏南父亲早死,夏南对陈灵公他们把他作为寻访的由头是极其反感的。陈灵公他们与夏南母亲如此勾搭成奸,夏南必定厌恶非常;况且陈灵公他们居然还当着自己的面说自己是他们与其母淫乱所生。是可忍,孰不可忍?所以在陈灵公离开他家时,夏南将陈灵公射杀。这是有关夏南的背景材料,我们阅读此诗,有必要了解,以有助于对全诗的理解。

·株林·

隰有苌楚

隰有苌楚①，猗傩其枝②，夭之沃沃③。乐子之无知④。

隰有苌楚，猗傩其华⑤，夭之沃沃。乐子之无家⑥。

隰有苌楚，猗傩其实，夭之沃沃。乐子之无室。

注　释

①隰(xí)：低湿的地方。苌(cháng)楚：藤科植物，今称羊桃。
②猗傩(ē'nuó)：婀娜，柔美的样子。
③夭：指幼嫩之枝条。沃沃：肥美有光泽的样子。
④乐：喜好。子：指苌楚。
⑤华：花。
⑥家：与下章的"室"，都指家庭。无家、无室谓指无家庭之拖累。

题　解

这是一首抒情诗,写一男子既为心事所折磨,又为家事所拖累,而感叹其苦楚。生活无乐趣可言,而且令其心力交瘁,但求能解除这样的束缚,获得自由快乐,即是他的心愿。其以无知无识、没有家庭为可喜之事,说明其内心之沉重。全诗三章,内容一致,用以反复申达其情。

赏　析

此诗在表情达意上使用了一种少见的手法,即直接利用起兴之事物来畅发感慨,借以抒情。每章的前三句都是赞美苌楚生长得生机勃勃,矫健异常,最后一句方才点出其所以然,是得益于其本身无知之困扰、无家事之束缚,自己对此十分羡慕和向往。以羡慕和向往来反衬困苦的深重,其心愿就是对知虑和家事断然摈弃,从而获得自由快乐。诗人正是通过借题发挥,提纲挈领地将无数难言之隐尽包含于其中。

再说,对于苌楚的描写,乃是侧重点,所以诗人尤为在意。首先,交代其所处的地理条件,即必须地势低湿,适宜于它的生长。其次,描写其柔美之情态。最后,突出描写其幼弱、嫩绿的枝条之神采——滋润而光华。这三句分三个层次表达,诗人的意图是很明显的,即要揭示一种矛盾的现象:苌楚虽然生长在不良的自然环境中,但是它毫不在意,反倒生机盎然。苌楚的藤条,由于各自生长,完全置旁枝于不顾,无相互牵累,所以能郁郁葱葱。这里明显带有拟人化的笔触,究其原因,是由于诗人正要借此作为过渡,从而联系到自身的境遇而发感慨。

诗人对苌楚的描写,突出了它具有旺盛的生命力,造就了优美的物种形象。究其原因,在于它不顾念环境之恶劣(对之无知)和同族种之命运(无室无家),顾自生长,故能获得可观之结果。苌楚之所以令人喜好,其原因也正在此。诗人对照自己,因为不能摆脱,所以认为自己在自讨苦吃。倘若能借鉴其例,一反常态而行之,则亦必然事事称怀。钱锺书先生在《管锥篇·隰有苌楚　无情不老》一文中,正向我们说明了这样的道理。他说:"苌楚无心之物,遂能夭沃茂盛,而人则有身为患,有待为烦,形役神劳,唯忧用老,不能长保朱颜青鬓,故睹草木而生羡也。室家之累,于身最切,举示以概忧生之嗟耳。"这对于我们理解诗之意境十分有益。

此诗在布局上似乎处于失重的状态,每章四句,却以三句的分量描写起兴之事物,仅以章末一句隐约地点出正意,而这一句却正包含着无穷之意。此意为何,留给读者自己去体会。这种十分奇特的表述方式,是诗人的艺术创造,值得研究。

鸤鸠

鸤鸠在桑①,其子七兮。淑人君子②,其仪一兮③。其仪一兮,心如结兮④。

鸤鸠在桑,其子在梅。淑人君子,其带伊丝⑤。其带伊丝,其弁伊骐⑥。

鸤鸠在桑,其子在棘。淑人君子,其仪不忒⑦。其仪不忒,正是四国⑧。

鸤鸠在桑,其子在榛⑨。淑人君子,正是国人。正是国人,胡不万年⑩?

注释

①鸤(shī)鸠:布谷鸟。
②淑人君子:指贤良而享有地位的人。
③仪:仪表,包括容貌、姿态、风度等方面。一:一贯。
④结:固结不松散,比喻坚贞不二,持之以恒。
⑤带:指绅,为丝制大带,系于腰间,前面打结,让两头垂下。伊:语助词。丝:白色的蚕丝。句谓大带边缘用白丝编织。
⑥弁(biàn):皮帽。骐(qí):皮毛有黑色纹理的马。句谓皮帽由骐马皮所制。
⑦忒(tè):差错。
⑧正:规范。四国:四方的国家。
⑨榛(zhēn):一种落叶小乔木,果实叫榛子。
⑩胡:何。

题　解

这是一首对贤才君子的赞颂诗。社会上的平民百姓和地位低下的奴仆，都会歌颂他们的君主，或他们的主人。"君子"的概念，可以涵盖广泛的具有不同地位的贵族，上至国君、诸侯、卿大夫等，下至奴隶主之类，所以很难判明诗中具体所指。全诗有四章，内容基本相同，主要是赞美其仪表。仪表之概念，实际上是人的外表和内在相结合的产物。贤良君子正因为能做到两者的完美统一，所以能为人楷模。诗的最后写祝愿贤才君子享长寿之福。

赏　析

本诗以鸤鸠起兴，很值得品味。首句云，它停息在桑树之上。鸤鸠又名布谷，相传它在春播之时鸣叫，有劝耕之意。次句云，它生育七子。如此起兴，是否有所寓意呢？我们看，诗歌接着描写贤良君子的仪表，谓其始终高雅而无所过失。最后说，唯其如此，所以可以为国人乃至其他国家之人的楷模。诗之本意即在此，这就使我们自然地想到用以起兴之事物，具有一定的象征意义：布谷鸟在春播之时，停息于桑树之上，不时地鸣叫，即有劝耕之意。那么，它为什么在飞翔之后，总要停息在桑树之上，对桑树独衷呢？桑树意味着蚕桑。养蚕纺丝，与种植五谷，同为农业之本，所以鸤鸠不变换其树种，不停地鸣叫以劝耕，即寓有催人以"农本"为要务，抓紧进行之意。这就象征君子之治理，也必注重劝民于"农本"之头等大事，亦当全力以赴，别无旁贷。而幼鸟之得其哺育而相随于身旁，则又象征族下之人蒙其养育之恩，对他十分亲近和拥戴。这里尚有一个有趣的问题，即幼鸟为什么不像母鸟一样总停息在桑树之上，而不断地变换树种呢？答案是，首先，它们虽然改变树种，却仍然相聚在母鸟停息的桑树周围，这一点始终不变。其次，这样描写，是要表现出幼鸟们活泼可爱的形象，是突出它们的"个性"特色。这样着笔，方才不致出现单调乏味之弊病，而使趣味顿生。诗歌从起兴开端，然后过渡到正面叙述，这就表明诗人写作之出发点，是要在具有一定地位的统治者中树立一种楷模，并阐述如何达到这种境界，以及它将因此而获得拥戴的殊荣。

本诗的一个关键字是"仪"，它的意思，有必要加以辨明。仪，本意为法度

(法则),而非容貌。然而词义在不断衍变,"仪"已滋生出多种词义,"仪容(即仪表)"即是其中之一,并且它已为人们所习用,其含义为人的容貌、姿态、风度等,涵盖得比较丰富。除了容貌偏重于人的相貌外,其余的姿态、风度等,都兼指其外表和内在两方面的内容。外表和内在实际上是互为表里的关系:有其内在,方才显现于外表;内在是根本的,而不是虚有其表而已。本诗所要阐明的即是贤良君子所体现的仪容,其之所以能成为楷模,意思亦正在于此。

· 鸤鸠 ·

七　月

七月流火①，九月授衣②。一之日觱发③，二之日栗烈④。无衣无褐⑤，何以卒岁⑥？三之日于耜⑦，四之日举趾⑧。同我妇子⑨，馌彼南亩⑩，田畯至喜⑪。

七月流火，九月授衣。春日载阳⑫，有鸣仓庚⑬。女执懿筐⑭，遵彼微行⑮，爰求柔桑⑯。春日迟迟⑰，采蘩祁祁⑱。女心伤悲，殆及公子同归⑲。

七月流火，八月萑苇⑳。蚕月条桑㉑，取彼斧斨㉒，以伐远扬㉓，猗彼女桑㉔。七月鸣鵙㉕，八月载绩㉖。载玄载黄㉗，我朱孔阳㉘，为公子裳。

四月秀葽㉙，五月鸣蜩㉚。八月其获㉛，十月陨萚㉜。一之日于貉㉝，取彼狐狸，为公子裘。二之日其同㉞，载缵武功㉟。言私其豵㊱，献豜于公㊲。

五月斯螽动股㊳，六月莎鸡振羽㊴。七月在野㊵，八月在宇㊶，九月在户㊷，十月蟋蟀入我床下。穹室熏鼠㊸，塞向墐户㊹。嗟我妇子㊺，曰为改岁㊻，入此室处。

六月食郁及薁㊼，七月亨葵及菽㊽。八月剥枣㊾，十月获稻。为此春酒㊿，以介眉寿(51)。七月食瓜，八月断壶(52)，九月叔苴(53)，采荼薪樗(54)，食我农夫(55)。

九月筑场圃(56)，十月纳禾稼(57)。黍稷重穋(58)，禾麻菽麦(59)。

嗟我农夫，我稼既同㊿，上入执宫功㊿¹。昼尔于茅㊿²，宵尔索绹㊿³。亟其乘屋㊿⁴，其始播百谷㊿⁵。

二之日凿冰冲冲㊿⁶，三之日纳于凌阴㊿⁷。四之日其蚤㊿⁸，献羔祭韭㊿⁹。九月肃霜⑦⁰，十月涤场⑦¹。朋酒斯飨⑦²，曰杀羔羊⑦³。跻彼公堂⑦⁴，称彼兕觥⑦⁵："万寿无疆⑦⁶！"

注　释

①七月:指夏历七月,即今农历七月。流:在周时,夏历的六月黄昏时刻,火星出现于南方,方向最正,位置最高,到了七月就偏西而向下移动了。火:星宿名,又称大火。
②授衣:将裁制冬衣的差事交给女工。
③一之日:指周历一月,即夏历的十一月(周历以夏历的十一月为正月)。觱(bì)发:寒风吹物的声音。
④栗烈:寒气袭人。
⑤褐(hè):粗布衣服。
⑥卒岁:度过年关。
⑦于:指修理。耜(sì):古代的一种农具。
⑧举趾:抬足,这里指下地耕种。
⑨同:连同。句意谓农务繁忙,连同我的妻子、孩子都得参与其事。
⑩馌(yè):饭食送到田头。南亩:本指田垄南北向的田亩,这里是泛指田地。

⑪田畯(jùn):农官,为统治者管理农事的官吏。至喜:十分高兴。
⑫载:开始。阳:暖和。
⑬有:句首语助词。仓庚:鸟名。黄莺鸟,又名黄鹂。
⑭女:指年轻的女奴。懿筐:深筐。
⑮遵:沿着。微行(háng):小路。
⑯爰:句首语助词。求:寻找。柔桑:幼嫩的桑叶。
⑰迟迟:缓慢的样子。形容春天白天很长。
⑱蘩(fán):白蒿。菊科植物。用白蒿煮出的汁液,可促使蚕子孵出。祁祁:众多的样子。
⑲殆:害怕。及:跟随。公子:指大庄园主的子弟。同归:指被他所掳走。
⑳萑(huán)苇:芦苇。"萑苇"前省略收割之意。芦苇秆可用以编织蚕箔,供养蚕使用。
㉑蚕月:养蚕的月份,即夏历三月。条

173

·七月·

桑:剪取桑树的枝条。
㉒斧斨(qiāng):装斧柄处孔圆称为斧,孔方的称为斨。
㉓远扬:高高扬起的枝条。因为它们已无法剪取,所以要用斧子砍取。
㉔猗(yī):为摘取桑叶而用手拉住桑枝。女桑:柔桑,指尚幼小桑树,其枝条长而不可砍取,以此护养桑树。
㉕䴂(jú):鸟名,即伯劳鸟。
㉖绩:纺麻线织麻布。
㉗玄:黑色。
㉘朱:红色。孔:很。阳:鲜艳。
㉙秀:植物开花叫秀。葽(yāo):植物名,即远志。味苦,可入药。
㉚蜩(tiáo):蝉,俗称知了。
㉛其:犹"则"。获:指收获稻谷。
㉜陨萚(tuò):枝叶脱落。
㉝于:猎取。貉(hé):兽名。这里泛指野兽。
㉞同:会集。
㉟载:则。缵(zuǎn):继续。武功:指大规模的打猎。
㊱言:句首语助词。私:私人占有。豵(zōng):一岁的小猪,这里泛指小野兽。
㊲豜(jiān):三岁的大猪,此泛指大野兽。公:指庄园主。
㊳斯螽(zhōng):蚱蜢。动股:蚱蜢鸣叫时要弹动腿。
㊴莎鸡:纺织娘(虫名)。
㊵七月在野:此指下文之蟋蟀言,在郊野。

㊶宇:指屋檐下。
㊷户:指屋内。
㊸穹(qióng):尽。窒:堵塞。句谓尽塞洞穴,然后用烟熏,以驱逐老鼠。
㊹向:朝北的窗户。墐(jìn)户:指用湿泥涂抹门缝。墐:涂。
㊺嗟(jiē):感叹词,这里表感伤。
㊻曰:句首语助词。为:将。改岁:过年。
㊼郁:果名,红色,味甜。薁(yù):野葡萄。
㊽亨(pēng):同"烹"。葵:菜名。菽:豆类总称。
㊾剥(pū):同"扑",击打。
㊿为:酿造。春酒:冬天酿造,以供春日饮用,故名春酒。
㉛介:佐助。眉寿:长寿。
㉜断:摘取。壶:同"瓠",葫芦。
㉝叔:拾取。苴(jū):麻籽。可食。
㉞荼(tú):苦菜。薪樗(chū):用臭椿树作柴火。
㉟食我农夫:我们农夫食用菜。
㊱场圃:场指场园,即供打场之地,圃指菜园。当时场园与菜园同为一块地,打场完毕,即作菜园。
㊲纳:放进场园。禾稼:谷类通称。
㊳黍:黄小米,有黏性。稷:无黏性之小米,或谓指高粱。重:即"穜",晚熟作物。穋(lù):早熟作物。
㊴麻:芝麻。

⑥⑩稼:指所有谷物。既:已。同:聚。
⑥①上:通"尚",尚且。入:进入。指进入庄园主的宫馆。执:操劳。宫功:宫馆内之杂务。
⑥②尔:语助词。于:割取。茅:茅草。
⑥③宵:晚上。索绹(táo):搓绳子。
⑥④亟:急忙。其:语助词。乘屋:登上屋顶。意思是修缮自己所住茅草屋的屋顶。
⑥⑤其:将。
⑥⑥冲冲:用力敲冰的声音。
⑥⑦凌阴:藏冰之室。
⑥⑧蚤:通"早",早上。
⑥⑨献羔祭韭:谓需要打开冰窖用冰,则先将冰块献于祖庙,并以小羊与韭菜祭祀。
⑦⑩肃霜:霜降而草木被摧折。肃:意为严厉摧折。
⑦①涤场:清扫打谷场。
⑦②朋酒:两壶酒。斯:语助词。飨(xiǎng):同"享",指庄园主宴请宾客。
⑦③曰:句首语助词。
⑦④跻(jì):登上。公堂:庄园主的厅堂。
⑦⑤称:举起。兕觥(sìgōng):用兕牛角做的大酒杯。
⑦⑥万寿无疆:为宾客对庄园主的祝寿词。

题 解

这是一首叙事诗。本篇处于《豳风》之首,其产生时间为周之始祖公刘居豳(今陕西旬邑西)之后。公刘居豳初期,还处于原始公社制时期,而此时则已发展到了公社制的后期。本诗全面地记述了当时庄园主贵族的享乐生活和农奴从事农事劳动,以及农奴生活的情况。全诗基本上是以季节时令为顺序,以农奴为描写主体,以农奴的口吻,展示他们一年四季紧张繁重的农事劳动和其他的各种杂务,以及其生活状况。文句中也间有出自农奴主的言语,然为次。全诗共分八章,各章内容甚为丰富。体例上以四言为主,也掺杂五言之句。本诗可以说是周族处于公社制后期的一幅生动的画卷。

赏 析

本诗展示了周族处于原始公社制后期的社会生活图景,这对于我们了解当时社会的真实情况有极大的意义。同时,对于历史研究也具有重要的价值。公刘迁豳初期,人们一起开荒种植。生产资料属于公有,人们共同生产和消费,没有剥削,人人平等。而此诗所反映的社会很明显已分化为两个对立的阶层。生产资料私有化已经形成。少数人占有生产资料,而多数人则一无所有。少数人剥削和奴役广大劳苦群众的现象已是社会现实。你看,庄园主拥有大片的田地,有大桑园、果园,有纺织工场和染色工场,有酿酒工场,有藏冰的地窖等等。住则有宫馆。他们拥有大批的管理人员。而作为社会基本人群的农奴和仆人则处于底层,他们的劳动所获,全被庄园主所占有。田间地头,旷野山林,耕作打猎,各种劳作,无可回避。所以我们可以这样认为,这与其说是原始公社制,则不如说它已蜕化为农奴制更为恰当。

本诗记述了许多农谚和农活歌诀,不仅具有朴素的艺术价值,而且是我国气候学上最古的资料之一。一年四季,寒往暑来的规律,对于农产品的培养、生长、收获,是有决定性作用的。因此,无论从艺术上说,还是从自然科学上说,本诗都具有很高的学术价值。

全诗虽然以平铺直叙为大宗,然而其中也融注着饱含感情色彩的抒情字句,且有自己的特色。如第三章,描写春日风光,说春天开始暖和,黄鹂鸟在鸣叫。一个"阳"字,不仅写出了客观的现象,而且刻画出了人们置身春日中的愉快心情。再说,黄鹂鸟的鸣叫,令人欢心悦耳,声色可感。两句八字,鲜明地描写出了春天的氛围。接着笔锋一转,描写年轻的女奴沿着小路去采桑,却心情悲伤。这与春日的氛围很不协调。诗人这样的描写,是运用了一种反衬手法,即以乐景衬托哀情,这就达到更显其哀的艺术效果。

另外,很有特色的是,诗人善于借有形之物来状难言之情。如用蟋蟀来刻画气候的逐渐寒冷。蟋蟀本在野外,后来转移到屋檐之下,最后到了农奴居室的床下。其转移的轨迹,说明其因气候的变化而寻求适应的环境。这里虽然没有"寒"字,但恰使人觉得寒气逼人,艺术效果颇佳。还有,描写蟋蟀共四句,却要到第四句才出现蟋蟀这一主体对象,如此构文,显得十分含蓄。

鸱鸮

鸱鸮鸱鸮①，既取我子②，无毁我室③。恩斯勤斯④，鬻子之闵斯⑤。

迨天之未阴雨⑥，彻彼桑土⑦，绸缪牖户⑧。今女下民⑨，或敢侮予⑩？

予手拮据⑪，予所捋荼⑫。予所蓄租⑬，予口卒瘏⑭，曰予未有室家⑮。

予羽谯谯⑯，予尾翛翛⑰，予室翘翘⑱。风雨所漂摇⑲，予维音哓哓⑳。

注释

① 鸱鸮(chīxiāo)：一种猛禽，攫取别的鸟类之幼鸟而食。
② 子：自己所哺之幼鸟。
③ 室：指窝。
④ 恩、勤：殷勤，谓辛勤劳苦。斯：语助词。
⑤ 鬻(yù)：通"育"，养育。闵：怜悯，可怜。
⑥ 迨(dài)：趁着。
⑦ 彻：剥取。土(dù)：通"杜"，杜树。句谓剥取桑树、杜树的树皮、树枝。
⑧ 绸缪(móu)：缠绕。牖(yǒu)户：窗户。句谓用桑树之皮加固窗户。
⑨ 女："汝"。下民：鸟处在树上，故指底下的人为"下民"。
⑩ 或(huó)：相当于"谁"。
⑪ 手：鸟无手，因比拟人，故称"手"。拮(jié)据：手不能伸屈之病。
⑫ 所：还要。荼：草名。
⑬ 租：通"苴"，茅草。

⑭卒:终于。瘏(tú):病。
⑮曰:句首语助词。室家:指鸟窝。
⑯谯谯(qiáo):羽毛稀疏脱落的样子。
⑰翛翛(xiāo):羽毛干枯凋敝的样子。

⑱翘翘:危险的样子。
⑲漂摇:同"飘摇"。
⑳哓哓(xiāo):受惊吓而鸣叫之声。

题　解

　　这是一首寓言诗。以母鸟的口吻,控诉鸱鸮窃子毁窝之罪恶,且表示自己重新修筑窝居,防备鸱鸮与人类的各种侵犯,为此而不辞劳苦。很明显,它是一则寓言,而其寓意,则不能明白。全诗共四章,首章控诉鸱鸮窃子毁窝之罪恶,接着三章叙述自己重修窝居,防备鸱鸮的再次袭击和来自人类的侵犯,为此而鞠躬尽瘁。透过寓言,可以感受到诗人必有甚为感伤之事,故借此故事一抒其情。

赏　析

　　首先,关于此寓言诗的写作背景,文史资料上曾有明文记载,其中有两种说法,颇有趣味,我们可作为参考。

　　第一,是见于《尚书·金縢》的记载。周公以两年时间东征,在平定了武庚、管叔和蔡叔的叛乱之后,写了这首诗送给成王。成王亦没有指责周公。这就说明,寓言是周公所作。《尚书》是一部甚有权威的上古史书,对它应该信赖。那么,周公为什么要写这样的一首寓言诗送给成王,而成王知其意,对周公的行动没有指责。局外人难以破解其寄托之意。后人众说纷纭,而莫衷一是。清魏源在《古诗微》中说,周公所寓之意是:王朝经历一场大劫难,自己为此劳心劳力。虽如此,王室至今仍不稳固,以诫成王。此说可供我们参考。总之,寄意颇为隐微,外人是难得其真。

　　第二,是见于《孟子·公孙丑上》的引述。《诗》云:"迨天之未阴雨,彻彼桑土,绸缪牖户。今女下民,或敢侮予?"孔子曰:"为此诗者,其知道乎？能治其国家,谁敢侮之?"这也是可信赖的资料。孔子认为作诗之人懂得治国的道理,而自己不知其人,这就表明他不认为诗是周公所作。孔子是十分崇拜周公的,这与他以光复西周盛世为理想有关,他甚至连做梦也想见周公。所以,如果知道诗是出于周公的话,就不会这样说了。对此两则记载,我们无法否定其一,无奈,只好并存其说。

此寓言诗,具有突出的艺术价值。在整部《诗经》中是绝无仅有。它的艺术性,表现在塑造了一只母鸟的生动形象。它是弱势者,面对凶暴的鸱鸮的侵害,愤怒地控诉。然而它又是顽强不屈精神的体现者。它能吸取教训,以积极防御的措施来捍卫自身,真可谓是艰苦卓绝,令人佩服。全诗以首章交代受侵害之事,接着三章都突出描写其自强不息的奋斗情节,可见诗人所侧重。另外,读此诗,可以体会到母鸟的语气,诗中一连使用了九个"予"字,表现出诉说之情。沈德潜《说诗晬语》说:"情至而不觉音之繁、词之复也。"正是如此。

东　山

　　我徂东山①，慆慆不归②。我来自东，零雨其濛③。我东曰归④，我心西悲⑤。制彼裳衣⑥，勿士行枚⑦。蜎蜎者蠋⑧，烝在桑野⑨。敦彼独宿⑩，亦在车下。

　　我徂东山，慆慆不归。我来自东，零雨其濛。果臝之实⑪，亦施于宇⑫。伊威在室⑬，蠨蛸在户⑭。町畽鹿场⑮，熠耀宵行⑯。不可畏也，伊可怀也⑰。

　　我徂东山，慆慆不归。我来自东，零雨其濛。鹳鸣于垤⑱，妇叹于室⑲。洒扫穹窒⑳，我征聿至㉑。有敦瓜苦㉒，烝在栗薪㉓。自我不见，于今三年。

　　我徂东山，慆慆不归。我来自东，零雨其濛。仓庚于飞㉔，熠耀其羽㉕。之子于归㉖，皇驳其马㉗。亲结其缡㉘，九十其仪㉙。其新孔嘉㉚，其旧如之何㉛？

注　释

①我：东征战士之自称。徂(cú)：往。东山：山东费县西北之蒙山，在鲁境。古奄国在曲阜附近，其参与武庚、管叔、蔡叔的叛乱。故蒙山当是东征时师行所至之地。

②慆慆(tāo)：长久。

③零雨：在空中飘落的极其细微的雨。濛：迷蒙。形容烟雾弥漫，景物模糊。

④我东曰归：谓我在东方时说到回家之事。

⑤西:指西方的家乡。句谓我心中就因为思念西方的家乡而悲哀。

⑥制:裁制。裳衣:衣裳。指平民的衣服。

⑦士:通"事",从事。行:行军。枚:古代行军时,为防止喧哗,令士兵衔在口中的小棍。句谓不再从事兵役之事。

⑧蜎蜎(yuān):虫屈体而卧的样子。蠋(zhú):桑虫。

⑨烝(zhēng):久。桑野:野外的桑树上。诗人以归程中所见之景物,想到自己亦曾如蠋虫那样屈体卧于野外。

⑩敦:身子缩成一团。

⑪果臝(luǒ):栝楼,蔓生的葫芦科植物。实:葫芦。

⑫施(yì):蔓延。宇:屋檐下。

⑬伊威:虫名,一种生活于墙脚下或缸瓮底下阴湿之处的小虫,体形圆而扁,灰色多足。

⑭蟏蛸(xiāoshāo):长脚蜘蛛。户:门户边。

⑮町畽(tiǎntuǎn):禽兽践踏的地方。鹿场:鹿生活之场所。鹿生性胆小,现在居然如此,可见荒芜已久。

⑯熠(yì)耀:磷火。宵行:夜晚在空中飘动。

⑰伊:是。怀:怀念。

⑱鹳(guàn):一种水鸟,形似鹤,嘴长而直,翼长,尾巴短而圆,能轻快飞行。白天常在溪水边,夜晚则宿于高树之上。垤(dié):土块突起的蚁穴。

⑲妇:指自己的妻子。

⑳穹室:见《七月》注释。

㉑聿:将。

㉒苦:为"瓠"之假借字。瓜瓠:瓠瓜。

㉓栗薪:栗树枝堆积的柴火。

㉔仓庚:见《七月》注释。

㉕熠耀:此处为羽毛鲜明的样子。

㉖之子于归:见《桃夭》注释。

㉗皇驳:马之皮毛黄色叫皇,红色叫驳。

㉘亲:母亲。缡(lí):古时妇女系在身前的大佩巾。

㉙九十:形容繁多。仪:结婚的礼仪。

㉚新:妻子做新娘之时。孔:很。嘉:美丽。

㉛旧:指现在。

题 解

这是一首抒情诗。一名战士抒发他当年随周公东征平叛,叛乱被平定后在返归途中的复杂心情。诗歌共四章,都以当日返归途中之情景为背景,抒情与叙事相交织着展开情节。历史上的一次重大事件,通过本诗中一名战士个性化的情节而展现其一角,可见本诗价值固非一般。

赏　析

首先,本诗最引人注目的是一开头即让人看到一个在细雨蒙蒙中赶路的身影,勾画出一种环境氛围。这是诗人用以表情达意的主镜头,在每章的开头都重复出现,以突出这种氛围。诗中的主人公离家远戍,音讯不通,盼归心切,今日终于踏上归途。由于对妻子、家园之现状,与可能发生的变故忧心忡忡,迷茫焦虑,所以途中之经历都会激起他或悲或喜的感情。诗人在描写环境时用一个"濛"字,从表象角度看,无疑是描写环境氛围,而实际上则亦在刻画他心头的"迷濛"。一词兼顾,一明一暗,是很巧妙的手法,读者由此可以体会诗人的用心。

其次,善于运用反衬的表现手法。如第一章写主人公在归途中看到"蜎蜎者蠋,烝在桑野"之情景,即想到自己往日的野战生活,亦如蠋一般蜷宿于车下。此情此景,历历在目,现在想起来还教人生畏。诗人拿这样富于实感的片段,作为反衬,就把主人公久戍得归、悲喜交集的心情真切地表露了出来。

第三,选取相关意象进行组合,以构成一幅综合画面。如第二章写主人公设想也许亲人已经亡故,自己的家落得破败荒凉,因而十分恐惧:蔓生的野葫芦已经爬到了屋檐下面,屋檐下结挂着一个个野葫芦。室内,灰色的伊威虫在潮湿的地上爬着,门上、屋内布满长脚蜘蛛网;室外,房屋周围的空地,已成为鹿生活的场所;夜间,一团团的磷火在飘动;……浮现的每一个意象都教人凉透五内,五种意象的组合更使人不寒而栗。章末的最后两句,却出人意料:可这毕竟是自己日夜思念的家,多么值得怀念!这是他所熟悉的曾经处于和平环境中的家,从此可以在这里过上和平的生活。"不可畏也,伊可怀也。"正是在经历了出生入死的遭遇之后所产生的特殊心态。景象堪悲,而生还欣慰,这亦运用了反衬手法。

第四,以特写镜头展示情节。如对于当年新婚情景的描写:新婚那天,黄鹂在春日的阳光下飞翔;新娘乘着漂亮的马车到来;结婚仪式十分隆重……此情此景,宛然目前,他不由得沉浸在当时新婚的欣喜之中。如今,重逢的心愿即将实现,但愿一切都是美好的!然而现实是否能令他如愿以偿,她今日究竟是什么样子呢?在途中,他仿佛听到妻子因不见自己返归而长吁短叹,于是默默地告诉她:赶快把家里整理打扫一下吧,我马上要到家了!可这还只是心灵的对话,现在则是一步之差了。他正是这样满怀着希望,又抱着疑问,去迎接见面的这一刻。因为最后一章是全诗的高潮,所以诗人不惜以浓墨重彩去描写。

・东山・

伐　柯

伐柯如何①？匪斧不克②。取妻如何？匪媒不得③。伐柯伐柯，其则不远④。我觏之子⑤，笾豆有践⑥。

注　释

①柯：斧头的柄。句谓怎样去砍取一段做斧头之柄的木料。
②匪：通"非"。句谓没有一把斧头不行。
③匪媒：没有媒人。
④则：准则。不远：谓近在手中，即其大小长短皆可依循。
⑤觏(gòu)：遇见。
⑥笾(biān)：古时祭祀或宴会时用来盛果物的竹器，形状如高脚盘。豆：古时用来盛肉或熟菜的木制器具，其形状亦如高脚盘。有：助词。践：排成行列。句指举行婚礼。

题　解

　　这是一首对处于氏族公社制时期媒人的作用加以肯定,并强调举行婚礼必要性的诗歌。本诗产生于豳地之周族。氏族起源于同一始祖的、有血缘关系的人所组成的群体。在某一氏族内部是禁婚的,而联合的氏族之间即可通婚。而在通婚过程中,媒人起着重要的作用。他们大都是本氏族中有威信的长者,受男方家长的嘱托,为青年男女的婚事奔走,以成人之美。在两家遇到麻烦时,媒人也会从中积极调停。因此,他们受到人们的尊敬。本诗之内容,是描写某一对青年男女从初识、相恋到完婚之全过程。诗人叙述其事,并表示称道。

赏　析

　　诗歌反映了氏族公社制时期完善的婚恋模式,即男女青年经由自由恋爱,再由媒人从中撮合,最后按照氏族婚礼之习俗,举办婚事。"取妻如何,匪媒不得。"这既是在说明当时的婚姻习俗,又是在交代下文所说的一桩具体的婚事,即某一男子想娶某一爱恋的女子,必须要依靠媒人从中沟通说合。而"我觏之子,笾豆有践"两句,则是在叙述此桩婚事的整个过程。"我觏之子",反映某男子初次遇见女子之事,而"笾豆有践"则是反映他按照婚礼之习俗操办婚事。从初见到完婚,这中间没有过渡之言,按情理设想,这里省略了男子一见倾心之意,诗人是有意以虚笔处理,让读者思而得之。诗人如此简练的文墨,真令人赞叹。

　　诗歌的叙事先从譬喻开始,再过渡到说理。而运用譬喻一层,却以发问的形式提出,以引发读者的兴趣,接着使读者自行破解。而说理一层,亦同样以发问的形式提出,然后导出正意。下一章亦凭借同样的譬喻导入,却转而发掘其中包含的原理,而其用意却不明言,而以再后一层的交代托出,使诗文曲折多姿。

　　我们今天常以"作伐"一词作为"做媒"的假借词,其根源即在此。一个词语,从《诗经》开始,相传数千年而仍为热门之词,这一现象很值得研究。婚姻必须依靠媒人,伐柯必须依靠斧头,说明欲成全某一事,都得有所凭借,这是两

·伐柯·

185

者的共同性,所以可以将彼喻此。譬喻本身又显得文雅而风趣,此种艺术特色,正是它能相传不衰的一个主要原因。第二个譬喻,伐柯取"则",则又拔高一层。前者是形象思维,而后者则为理性思考,意思是欲成全某一事,除了要有所凭借之外,还要有所依据。伐柯要依据准则,婚恋必须按照礼仪,两者的原理相仿。婚恋必须按照礼仪,体现了它的精神文明因素,这在婚姻史上是一大进步,既体现了周族当时的文明风尚,同时也反映了诗人对此的重视和张扬。

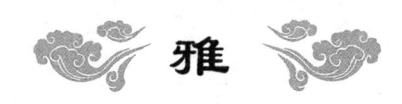

雅

常　棣

常棣之华①，鄂不韡韡②。凡今之人，莫如兄弟。

死丧之威③，兄弟孔怀④。原隰裒矣⑤，兄弟求矣。

脊令在原⑥，兄弟急难。每有良朋⑦，况也永叹⑧。

兄弟阋于墙⑨，外御其务⑩。每有良朋，烝也无戎⑪。

丧乱既平⑫，既安且宁。虽有兄弟⑬，不如友生⑭。

傧尔笾豆⑮，饮酒之饫⑯。兄弟既具⑰，和乐且孺⑱。

妻子好合⑲，如鼓瑟琴⑳。兄弟既翕㉑，和乐且湛㉒。

"宜尔室家㉓，乐尔妻帑㉔。"是究是图㉕，亶其然乎㉖！

注　释

①常棣：木名。即郁李,落叶灌木,高五六尺。形似梨而小,味酸甜。华：通"花"。
②鄂：同"萼",花托。不：语助词。韡韡(wěi)：鲜明茂盛的样子。
③死丧：死亡祸乱等事。威：可怕。
④孔怀：十分怀念。
⑤原隰：平原或低湿之处。裒(póu)：聚集。指参加战争或徭役等事。
⑥脊令：鹡鸰,水鸟名。形体瘦小如雀,生活在水边,以昆虫或小鱼为食。原：原野。句谓失其所处。
⑦每：虽然。
⑧况：失意的样子。句谓虽然有贤良的朋友,他们也只是失意长叹而已。
⑨阋(xì)：争吵,争斗。墙：墙垣。指墙垣之内,即家中。句谓兄弟之间在家中有时会争吵。
⑩务：通"侮"。句谓对来自外界的欺侮会一致抵御。
⑪烝：久。戎：帮助。
⑫丧乱：此特指武庚与管叔、蔡叔之反

⑬兄弟：特指周公之群弟。他们曾随管叔、蔡叔参与叛乱（参看下面"赏析"部分所引《史记》之文）。
⑭友生：朋友。生：语助词。当时叛乱虽已平定，而周公与"群弟"之关系仍处于对立的状态，还不如一般的朋友之情。
⑮傧（bīn）：陈设。笾豆：见《伐柯》注释。
⑯饫（yù）：满足。
⑰具：通"俱"，全。指"群弟"皆受邀赴宴。
⑱孺：亲近。
⑲妻子：指妻。好合：情投意合。
⑳鼓：弹奏。
㉑翕（xī）：聚合。
㉒湛（zhàn）：（情意）深厚。
㉓宜：和顺。
㉔帑（nú）：通"孥"，儿女。
㉕究：深思。图：谋划。
㉖亶（dǎn）：诚然，确实。

题 解

这是一首描写周公宴请"群弟"（即众弟）的诗歌，当时周公与他们还处于对立状态。它反映了历史的一个侧影。此诗产生的时代背景，可以确定为周公东征平定武庚和管叔、蔡叔的叛乱之后。清代学者姚际恒说："此周公既诛管、蔡而作。"诗歌的作者是否为周公，难以断定，然而他与周公东征平乱有关则是可以肯定的。全诗共分八章：前一、二、三、四章，就世俗一般的兄弟关系而言，即在平时，他们相亲相念之情谊要超过他人；而当处境危难之时，他们之间的相互帮助也要胜过他人。第五章则言在丧乱平定而取得安宁之时，反而出现了兄弟间之情谊不如朋友的反常情况，这就揭示了周公与其"群弟"关系不和之现状。第六章则描写他此次宴请众弟之心意，并表示要和他们重归和好，文中表现了此次宴饮的和乐氛围。七、八两章申述兄弟关系和夫妇关系一样重要，应当十分重视，从长计议，深谋远虑。姚际恒说，此诗"后因以为燕兄弟之乐歌"，这是就本诗的功用和影响层面说的，亦可供参考。

赏 析

本诗可注意的是，在前四章阐述兄弟间之情谊无与伦比之后，突然笔锋一转，说在丧乱既得平定、赢得安宁之时，反而出现了兄弟情谊不如友人的异常情况。这"丧乱"指何而言？我们可以依据《史记·周本纪》所言去理解。司马迁说："武王死，成王少，周初定天下。周公恐诸侯叛周，公乃摄行政当国。管叔、蔡叔、群弟疑周公，与武庚作乱，叛周。周公奉成王命伐诛武庚、管叔，放蔡叔。"写了对武庚、管叔和蔡叔等三人的处置。那么，如何对待这参与叛乱的"群弟"呢？从本诗我们似乎可以找到答案：务必要团结他们，引导他们改邪归正，消解他们的疑虑，从而恢复亲兄弟之间的情谊。周公宴请众弟，目的正在此，这也是维护周成王的一统天下和周朝的宗族统治所必须采取的策略。诗中所表达的周公对"群弟"的情谊还不仅如此，他并且还祝愿他们家庭和乐，家业兴盛。我们可以设想，周公如此由衷的情谊，势必能感动众弟。另外，对于此章，我们若从诗歌创作之特色上分析，可欣赏诗人仅以凤毛麟角式的语言反映了历史大事件的一个侧影，真堪称绝笔！

再说，本诗提出了一个关于人伦的见解，认为"凡今之人，莫如兄弟"。兄弟间的情谊要超过一切人，这是古人伦理观的一种反映。前面《谷风》诗中就说"宴尔新婚，如兄如弟。"即是说，新婚夫妇的关系，如同兄弟一样。当时的这种观念并不稀奇。钱锺书先生在《管锥篇·谷风》论"夫妇与兄弟"中告诉我们："盖初民重'血族'之遗意也。就血胤论之，兄弟，天伦也，夫妇则人伦耳；是以友于骨肉之亲当过于刑于室家之好。"世俗称兄弟为骨肉、手足、同胞等，实皆反映此意，固不足怪。

我们若对诗歌表达的侧重点加以分析，则不难看出它是紧紧环绕着兄弟情谊和战乱死伤事件展开，这分明是为了突出反映本相关联的周公与众弟间的关系和此次平乱。诗文由世俗的兄弟情谊和遭遇死丧事件时的救助导入，然后揭示出周公与众弟之关系，和对背叛之众弟的分别处理。诛管叔，是因为其为首恶。蔡叔罪行亦严重，故处以流放。至于其他诸弟，则一律从宽对待。周公之宴请他们，正体现了以团结为重的英明策略。本诗的这一侧重点，得到了全面反映，它在客观上可以弥补历史记载的缺陷，故有其特殊的价值。

本诗在写作上还有一个显著的特点，即它的主人公虽有而若无，出现于暗示之中。如：是谁在主持平乱而赢得安宁？又是谁在关注有兄弟而不如友人的现状？又是谁主办对众弟的宴请活动，以实现兄弟间的固有情谊和友善关系？对此，诗人都不置笔墨。如此写，既在无形中显示出周公的庄重形象，又能与他的身份和地位相一致，故体现了很高的写作水平。

·常棣·

伐　木

伐木丁丁①，鸟鸣嘤嘤②。出自幽谷③，迁于乔木④。嘤其鸣矣，求其友声。相彼鸟矣，犹求友声。矧伊人矣⑤，不求友生？神之听之⑥，终和且平⑦。

伐木许许⑧，酾酒有藇⑨。既有肥羜⑩，以速诸父⑪。宁适不来⑫，微我弗顾⑬。於粲洒扫⑭，陈馈八簋⑮。既有肥牡⑯，以速诸舅⑰。宁适不来，微我有咎。

伐木于阪⑱，酾酒有衍⑲。笾豆有践⑳，兄弟无远㉑。民之失德㉒，乾糇以愆㉓。有酒湑我㉔，无酒酤我㉕。坎坎鼓我㉖，蹲蹲舞我㉗。迨我暇矣㉘，饮此湑矣。

注　释

①丁丁(zhēng)：伐木的声音。

②嘤嘤(yīng)：鸟鸣叫的声音。

③幽谷：幽深的山谷。

④迁：飞至。

⑤矧(shěn)：况且。伊人：那人。

⑥听之：审察此事。

⑦和且平：和乐平安之福。

⑧许许(hǔ)：砍伐树木的声音。

⑨酾(shī)：滤酒。藇(xù)：美好的样子。

⑩羜(zhù)：五个月大的小羊羔。

⑪速：邀请。诸父：对父辈(即叔伯)的通称。

⑫适：恰巧。句意为宁可对方恰好有事不能前来。

⑬微：非。弗顾：不关心,不顾念。

⑭於(wū):叹词。粲:鲜明的样子。
⑮陈:陈列。馈(kuì):送给人吃的食物。簋(guǐ):古代盛放食物用的用具,圆口,两耳。
⑯牡:雄畜。此指公羊。
⑰诸舅:对异姓长辈的尊称。
⑱阪(bǎn):山坡。
⑲衍:盛满而溢出来。
⑳笾豆:见《伐柯》注释。践:排成行列。
㉑兄弟:泛指亲族中同辈的男子。
㉒失德:指失去朋友之交情。
㉓乾餱(hóu):干粮。代指粗薄的食品。以:因。愆(qiān):过错。句谓朋友间会因相馈赠之食品的轻重而造成过错。
㉔湑(xǔ):滤过的酒。
㉕酤:买酒。
㉖坎坎:鼓声。
㉗蹲蹲(cún):跳舞的样子。
㉘迨(dài):趁着。

题　解

这是贵族宴请亲友、长辈的乐歌。诗文描写主人公寻求友人以相交往,并以娱乐尽兴;又重视邀请同姓或异性之长辈宴享,以维护亲族之情。诗中的主人公是一名贵族,则是很明显的。全诗分三章:一章写寻求友人;二章写宴享长辈;卒章写宴享友人,并尽兴娱乐。诵读此诗,可以感受到主人公洋溢的热忱之情。

赏　析

本诗从一则寓言开始,说有一只鸟儿栖息于黑暗的山谷中的树木之上,而伐木之人正在砍伐树木,于是它鸣叫着寻求同伴,一起飞往空旷明亮的乔木之上,说明当遭遇不利情况时,鸟儿也不忘呼朋唤友去寻求出路,向往光明。然后引出为人之道,设问:作为人,怎能不去寻友结伴,交接友谊?能做到这一步,就必然会得到神灵的赐福。所以,这是凡人必须重视的紧要事情。

这则寓言生动地描摹出一种声情并举的情景,特别是这只小鸟的形象生动活泼,趣味盎然,因而使得寓意不言而喻。随即诗人以反问的方式揭示正意,使文理很为自然。

另外,我们可以注意到本诗的叙事抒情颇有条理。首章突出求友这一主题，二章却转而言对父辈和异性长辈的宴请，这是因为他们是长辈，于伦理必须处于据先的地位。第三章才就亲友而言，这中间又先写亲族中同辈的男子，然后再写其他友人，这就显得亲疏有别。由此可见，诗人是有意识地注意到了对于封建伦理关系，务必谨慎维护，切忌紊乱。

　　再说，诗中的指示代词"我"，先后共出现了六次，而它之所指，却并非一律。首章仅提出"伊人"必求友而已，乃为泛指。二章出现两个"我"，即为主人公自指。三章一连出现了四个"我"："湑我"和"酤我"，并非单指自己，而是说自己让下面人去做。而最后出现的两个"我"："鼓我"和"舞我"。两词所指又有区别：前者是说让人为我们击鼓，后者则是指自己与亲友一起跳舞。所以，它或单指称自己，或兼指称他人，这绝不是诗人在自乱其例，而是充分体现出在指示代词"我"的使用上十分灵活，不拘泥陈规。如果我们再从感情表达这一角度去审视，则会发现它蕴含着人我关系亲热的口吻，这在《诗经》中并不多见。

采 薇

采薇采薇①，薇亦作止②。曰归曰归③，岁亦莫止④。靡室靡家⑤，猃狁之故⑥。不遑启居⑦，猃狁之故。

采薇采薇，薇亦柔止⑧。曰归曰归，心亦忧止。忧心烈烈⑨，载饥载渴⑩。我戍未定⑪，靡使归聘⑫。

采薇采薇，薇亦刚止⑬。曰归曰归，岁亦阳止⑭。王事靡盬⑮，不遑启处⑯。忧心孔疚⑰，我行不来⑱。

彼尔维何⑲？维常之华⑳。彼路斯何㉑？君子之车。戎车既驾㉒，四牡业业㉓。岂敢定居㉔，一月三捷㉕。

驾彼四牡，四牡骙骙㉖。君子所依㉗，小人所腓㉘。四牡翼翼㉙，象弭鱼服㉚。岂不日戒，猃狁孔棘㉛。

昔我往矣，杨柳依依㉜。今我来思㉝，雨雪霏霏㉞。行道迟迟㉟，载渴载饥。我心伤悲，莫知我哀。

注 释

①薇：一种野菜，多年生草本植物，茎叶可食，学名为大野豌豆。
②亦：如"已"。作：生。止：语助词。
③曰：语助词。归：返家。
④岁：指一年。莫：通今之"暮"字。指年终岁末。

⑤靡：无。室：家。

⑥猃狁(xiǎnyǔn)：北狄，匈奴，地处今陕北。

⑦遑：闲暇。启居：为复词，两词都指坐下，而有区别。启：谓危坐。居：谓安坐。古人席地而坐，两膝着席，危坐时腰部伸直，臀部同足离开；安坐时则将臀部贴在足跟之上。句谓没有闲暇能安坐片刻。

⑧柔：柔嫩。

⑨烈烈：犹谓如焚。

⑩载……载……：犹"又……又……"。

⑪戍：防守。未定：不能安定。

⑫聘：问候。句谓不能让人回家问候。

⑬刚：指秆儿硬挺了。

⑭阳：指农历十月。

⑮盬(gǔ)：止息。

⑯不遑(huáng)：没有闲暇。

⑰孔疚：十分痛苦。

⑱行：指上前线。不来：不能生还。

⑲尔：花盛开的样子。维：是。何：指什么花。

⑳常：常棣。华：花。

㉑路：通"辂(lù)"，大车。此指将帅所乘坐的车子。斯：语助词。

㉒戎车：兵车。

㉓四牡：四匹雄马。业业：高大的样子。

㉔定居：安居。

㉕三：指多次。捷：通"接"，交战。

㉖骙骙(kuí)：强壮的样子。

㉗君子：指将帅。依：乘坐。

㉘小人：指战卒。

㉙翼翼：排列整齐的样子。

㉚弭(mǐ)：弓的一种，其两头饰以骨角。饰以象牙的弭称为象弭。鱼服：鱼皮制的箭袋。此指将帅所佩挂者。

㉛孔棘：谓其行动十分神速。棘：通"亟"，神速。

㉜依依：纤长轻柔的柳条随风飘动的样子。

㉝思：语助词。

㉞雨雪：下着雪。霏霏：盛大的样子。

㉟行道：走在回家的路上。迟迟：十分缓慢。

题　解

　　这是描写出征边疆的士卒返回家乡的诗歌。由于周代早在宣王之时，即屡与匈奴交战，绵延至春秋之时不绝，故我们很难判断此诗撰写的时代和其社会背景。全诗共分七章，第一、二、三章，写曾与匈奴激烈战斗的战士，因久戍在外，而激起他强烈的思乡情结。第四、五两章，描写军容的整肃和威武，以及紧张的战斗生活。卒章则描写他在归途中的情景,并点明上述五章之内容,全是回忆之笔,即出自他对于往事的回顾。

赏　析

本诗的特色表现在以下五个方面。

第一方面,是诗人对叙事情节的安排和结构的处理别出心裁。如诗的前五章,分别描写疆场战地生活的各种情节:好像目睹薇草的生长、焦急地盼归之情绪、战地生活忍饥挨饿不断奔波之情形,以及部队军容和激战告捷之景况等。到卒章才揭示前五章所写,皆为回忆之事,如今的他,正在赶路归家的途中。如此的构思和描写,使得镜头不断地转换,至最后才以他正在赶路归家途中作总领,提携全诗,这样就使诗歌显得丰富多彩,达到了独特的艺术效果。

第二方面,是将薇草作为起兴之物,以显示时间的推移和主人公的心理变化。那么薇草是怎样的植物呢?它是一种多年生的草本植物。在春天萌芽,随后生长为柔嫩的草,可食。到了夏历的十月,则不仅抽出草茎来,而且草茎逐渐变得硬挺而长出豆荚,在豆荚中孕育籽实。籽实渐次发育而为成熟的野豌豆。此豌豆尚须加工而食用。我们由此而知:首章所说的薇草,是指岁末之时已成熟的豆荚。至第二章说薇草的柔嫩,说明一年的春天又开始了。至第三章说其草茎已硬挺,则说明时间到了农历十月,这一年转眼又将过去。年复一年就是这样地流逝。如此叙述,说明他戍边已经多年,而返归家乡的愿望却始终落空。他正是在忍受着煎熬!对其痛苦的心理,我们不难体会,并深为同情。

第三方面,"昔我往矣,杨柳依依。今我来思,雨雪霏霏。"这是传颂的名句。而"杨柳依依",则是侧重点。先说"依依"是什么意思?从词性上看,它是由两个相同的形容词组合成的双音节词语;从意思上看,表示轻柔纤长的柳条随风飘动的样子。这里,"依依"一词的使用,表现出两种特色:第一,是充分反映了其物色之美。《文心雕龙·物色》篇说:"依依尽杨柳之貌",表示它写尽了杨柳的风貌神情,极具动态之美感。有人说,这一意象一经创造出来,便有了强大的艺术生命力,虽经千载,也想不出更好的词来替代它。第二,是把杨柳拟人化,即将自己与亲人的感情寄托在杨柳上。飘动的柳丝,在离人的眼中,仿佛是亲友在频频摆手。所以,它既在描写杨柳,又不仅在描写杨柳。两者兼得其妙,所以成为千古绝唱!

第四方面,是运用了反衬的表现手法。兵士出征时心情是愁苦的,用杨柳在春风中飘荡来反衬。春天是欢乐的季节,士兵却在这时被迫出征,所以加倍显得愁苦。士兵回来时心情是愉快的,而在飞雪中赶路是艰苦的,用苦景来反衬愉快的心情。士兵为了急于回家而不顾飞雪忙着赶路,加倍显得心情愉快,如此一反常例的借景抒情,就倍增其抒情的艺术效果,真如清代王夫之《姜斋诗话》(卷上)所论:"以乐景写哀,以哀景写乐,一倍增其哀乐("一"在此是用为副词,为"竟然"的意思)。"

第五方面,是当体会悲伤为本诗的感情基调。以"我心伤悲,莫知我哀"作结束,意思是世上没有人能体会到他心中的痛苦,表示他再也无法燃起乐观的生活信念。他将面对破败的家境,这是生活的现实,生还的喜悦随之被熄灭。如此,就一下把全诗笼罩在悲伤的氛围之中。

鹤　　鸣

　　鹤鸣于九皋①，声闻于野。鱼潜于渊，或在于渚②。乐彼之园，爰有树檀③，其下维萚④。它山之石，可以为错⑤。

　　鹤鸣于九皋，声闻于天。鱼在于渚，或潜在渊。乐彼之园，爰有树檀，其下维榖⑥。它山之石，可以攻玉⑦。

注　释

①九皋：一连串的小湖泽。皋：沼泽。
②渚(zhǔ)：水中小洲。也指小洲旁的水。
③檀：树名。其木材可以造车。
④萚(tuò)：一种矮树。
⑤错：打磨玉石的石头。
⑥榖(gǔ)：一种落叶乔木，也叫楮或构，树皮可造纸。
⑦攻：治。治玉须用石错磨之。

题　解

这是一首哲理诗,作者借形象的事物来阐述事物间存在辩证关系的道理。《诗经》产生于西周初年至春秋中期,而此时正是我国辩证法思想的萌芽时期。《诗经》的编辑者将之采集入集,是符合情理的。全诗共两章,内容大致相同。每章分四节,各以不同的事物阐述它们之间独特的辩证关系。

赏　析

在此,以每章所分四节之次序,分别观赏其所描写的事物形象,并体会其所阐述的辩证原理。

第一,鹤鸣叫于沼泽,而其鸣声却可传播到野外与天空,这就表示内外与上下两者存在着相互依存的关系。老子《道德经》即说"高下相倾",意思是高下两者相比较而存在,相对立而共存。没有高就没有下,没有内就不存在外,其所包含的道理是很清楚的。

第二,鱼在水中游,或在深渊,或在小洲旁的水中;这是借助游鱼的活动来阐述水或浅小,或深广,两者是相互依存的关系。

第三,园中植有高大的檀树,其下有萚这种矮树或榖这种树木,上下两者之间亦是相比较而存在,相互共存。

第四,说别的山上的石头,可以用来打磨玉石。石头是粗劣之物,而玉石为精美之物,然而玉石必须用石头打磨,方能成器。事物之优劣乃相比较而存在。在通常情况下,性质优胜者可以克制粗劣者,然此处却强调粗劣者倒反可以克制优胜者。事物间相反相成的辩证关系不言而喻。

此诗的特色,在于作者以隐语的方法,即仅仅描写事物,借助其生动现象,来阐述其中所寄寓的辩证原理,可能会使读者觉得莫名其妙。诗无达诂,读者完全可以根据自己的理解去解读。众说纷纭,莫衷一是,这诚然是很自然的事情。这里从作品本身出发,依据其所描写之形象与反映之现象,体会其中所包含的哲理思想,应该说这是可以成立的。至于作者的创作初衷是否如此,就只好存疑了。如此体例的诗歌,在《诗经》中是难得看到的,这不仅对《诗经》的研究有一定的价值,而且对我国哲学思想,尤其是辩证法的研究,也具有重要意义。

斯　干

秩秩斯干①，幽幽南山②。如竹苞矣③，如松茂矣。兄及弟矣，式相好矣④，无相犹矣⑤。

似续妣祖⑥，筑室百堵⑦，西南其户⑧。爰居爰处⑨，爰笑爰语。

约之阁阁⑩，椓之橐橐⑪。风雨攸除⑫，鸟鼠攸去，君子攸芋⑬。

如跂斯翼⑭，如矢斯棘⑮，如鸟斯革⑯，如翚斯飞⑰，君子攸跻⑱。

殖殖其庭⑲，有觉其楹⑳。哙哙其正㉑，哕哕其冥㉒，君子攸宁。

下莞上簟㉓，乃安斯寝㉔。乃寝乃兴㉕，乃占我梦㉖。吉梦维何？维熊维罴㉗，维虺维蛇㉘。

大人占之㉙："维熊维罴，男子之祥；维虺维蛇，女子之祥㉚。"

乃生男子㉛，载寝之床㉜，载衣之裳㉝，载弄之璋㉞。其泣喤喤㉟，朱芾斯皇㊱，室家君王㊲。

乃生女子，载寝之地，载衣之裼㊳，载弄之瓦㊴。无非无仪㊵，唯酒食是议㊶，无父母诒罹㊷。

注 释

① 秩秩:清清之涧水流淌的样子。斯:语助词,犹"之"。干:通"涧"。山间水沟。
② 幽幽:深远的样子。南山:指西周镐京南边的终南山。
③ 如:犹言"有……,有……"。苞:竹木稠密丛生的样子。
④ 式:语助词,无实义。好:友好和睦。
⑤ 犹:欺诈。
⑥ 似:同"嗣"。嗣续,犹言"继承"。妣祖:指祖先。
⑦ 堵:一面墙为一堵,指宫室的宽广。
⑧ 户:门。此指宫室结构繁复,门户多。
⑨ 爰:于是。
⑩ 约:用绳索捆扎。阁阁:一说捆扎筑板的声音,一说将筑板捆扎牢固的样子。
⑪ 椓(zhuó):用杵捣土,犹今之打夯。橐橐(tuó):捣土的声音。
⑫ 攸:乃。
⑬ 芋:当据鲁诗作"宇",居住。
⑭ 跂(qǐ):踮起脚跟站立。翼:端正的样子。
⑮ 棘:棱角。
⑯ 革:翅膀。
⑰ 翚(huī):具有五彩羽毛的野鸡。
⑱ 跻(jī):登。
⑲ 殖殖:指庭院很平整。
⑳ 有:语助词,无实义。觉:高大而直立的样子。楹:大厦殿堂前的柱子。
㉑ 哙哙(kuài):宽敞明亮的样子。
㉒ 哕哕(huì):宽明的样子。句谓屋宇深处也宽敞明亮。
㉓ 莞(guān):此指蒲席。簟(diàn):竹席。指在寝卧之处,把蒲席铺在底下,竹席铺在上面。
㉔ 乃:于是。寝:睡觉。
㉕ 兴:起床。
㉖ 占:占卜。古代迷信,通过观察龟甲烧灼后的裂纹,或蓍草的排列来预测吉凶祸福。我:此为诗人代主人的自称。
㉗ 罴(pí):一种野兽,似熊而大。
㉘ 虺(huǐ):一种毒蛇,颈细头大,身有花纹。
㉙ 大人:太卜,周代掌占卜的官员。
㉚ 祥:吉祥的征兆。古人认为熊罴是阳物,梦见它为生男之兆;虺蛇为阴物,梦见它为生女之兆。
㉛ 乃:如果。
㉜ 载:则,就。
㉝ 衣:穿衣。裳:下裙,此指衣服。
㉞ 璋:一种贵重的玉器。形状像圭的一半。古代帝王或大臣在举行典礼时拿在手里。
㉟ 泣:哭声。喤喤(huáng):婴儿哭声洪亮的样子。
㊱ 朱芾(fú):用熟治的兽皮所做的红色

蔽膝,为天子、诸侯所服。
㊲室家:指周室、周王朝。君王:指天子、诸侯。
㊳裼(tì):婴儿用的褓衣。
㊴瓦:陶制的纺线锤。

㊵非:错误。仪:读作"俄",邪僻。
㊶议:操持。古人认为女人主内,只负责办理酒食之事,即所谓"主中馈"。
㊷诒(yí):给予。罹(lí):忧愁。

题 解

这是一首祝贺西周国王建筑宫室落成时的颂歌。全诗共九章,一至五章,主要是描写宫室之形胜,建筑之宏伟壮观,而兼涉宗亲关系和民族优良传统之继承发展。六至九章是对宫室主人的祝愿和歌颂。本诗的作者已不可知,但是从其内容来看,当是一位既了解当时宫室具体的建造过程,深明相关制度和习俗,又饱含赞扬感情之人士。

赏 析

首先,反映了建造者既注重宫室的实用价值,又富于美感。一开始就说,清澈的涧水奔流不息,深幽的南山十分宁静。此处有密集的竹丛林,有茂盛的松树林。表明宫室面山临水,松竹环抱,位置优越,富于自然的美感。接着则说,宫殿建造得十分坚固,居住于此处,既可以避免风雨之患,又使鸟兽不致为虐,能尽情地享受安逸之乐。

第二,反映了建造者在宫室建造的同时,又看重亲族和睦关系的建立。首章在描写山川形胜之后,紧急着就强调兄弟亲族之间必须和睦友爱,不相欺诈。此乃有鉴于历史的经验教训,避免因亲族叛离、友朋二心而丧亡。所以,诗人在描写宫室建造得形胜之优、雄伟壮观之后,紧接着就写到亲族之间说说笑笑,充满友爱融洽的气氛。此两者完美结合,才可保持天长地久。我们于此可见,建造者之深谋远虑,高瞻远瞩。这使诗歌在内容上具有深度。

第三,诗歌以描写宫室建造为中心,而其描写很有特色,有远景刻画,又有近景描述。远景刻画有两方面:一是对山川形胜的刻画,山水树林,生气勃勃,气象万千，壮丽异常；一是对于宫室进行鸟瞰式描写，美轮美奂，雄伟壮丽。对近景描述，指对宫室外观与内景的描写。前者用浪漫主义的手法进行绘形绘色的描摹，说其如踮起脚跟那样高耸，如箭头那样有棱角，如鸟那样张开翅膀，如野鸟那样飞翔。用四个极整齐匀称的比喻形容建筑物装饰的风采，使其神采焕然。说宫室前面的庭院那么平整，前厦下的楹柱那样耸直，正厅是那样宽敞明亮，而后室亦光照透亮。前前后后的描写层次井然，让人有身临其境之感。

第四，对于主人生儿育女的祝愿，却由梦境导入，奇幻生动。在先秦时代，人们往往将梦境看作事情的先兆。这从艺术上讲，富有浪漫主义色彩，不仅在《诗经》中多有所见，而且在史书中亦频频有之。这种情况，与当时人们的观念有关，是认识上的一种局限。

无　羊

　　谁谓尔无羊①？三百维群②。谁谓尔无牛？九十其犉③。尔羊来思④，其角濈濈⑤。尔牛来思，其耳湿湿⑥。

　　或降于阿⑦，或饮于池，或寝或讹⑧。尔牧来思⑨，何蓑何笠⑩，或负其餱⑪。三十维物⑫，尔牲则具⑬。

　　尔牧来思，以薪以蒸⑭，以雌以雄⑮。尔羊来思，矜矜兢兢⑯，不骞不崩⑰。麾之以肱⑱，毕来既升⑲。

　　牧人乃梦，众维鱼矣⑳，旐维旟矣㉑。大人占之㉒："众维鱼矣，实维丰年㉓；旐维旟矣，室家溱溱㉔。"

注　释

①尔：指"牧人"，官名。据《周礼·牧人》所说，其职责是掌管牧放牲畜，为祭祀提供牺牲。
②维：为。句谓三百头羊为一群。
③犉(rún)：大牛。牛长七尺称为"犉"。
④思：语助词。
⑤濈濈(jí)：一作"戢戢"，羊群其角相聚集的情状。
⑥湿湿(shī)：牛在反刍时，因咀嚼用力而双耳摇动的样子。
⑦阿：丘陵。
⑧讹(é)：同"吪"，行动。
⑨牧：指为"牧人"放牧的人。
⑩何：通"荷"，披戴。蓑(suō)：用草编制的雨衣。
⑪餱(hóu)：干粮。
⑫物：牛羊的毛色。句意谓有三十种不同毛色的牛羊。说明牛羊品种齐

全,适于各种用途的需要。

⑬牲:用以祭祀的牲畜。具:备。

⑭以:取。薪:粗柴。蒸:细柴。

⑮以:区分。句谓将牛羊区分雌雄,以便于交配。

⑯矜矜兢兢:谨慎管理,唯恐有失群者。

⑰骞(qiān):损失,此指走失。崩:众羊遭遇疾病。

⑱麾:挥。肱(gōng):手臂。

⑲毕:全。既:尽。升:登。

⑳众:通"螽",蝗虫。古人以为蝗虫在天旱之时则为虫,风调雨顺之时则化为鱼。

㉑旐(zhào):画有龟蛇图案的旗。旟(yú):画有鸟隼图案的旗。

㉒大人:太卜之类的官。占:解说梦之吉凶。

㉓实:通"寔",是。

㉔溱溱(zhēn):同"蓁蓁",众多的样子,指子孙众多。

题 解

这是一首歌咏牛羊蕃盛的诗歌。诗歌具体的写作时代无法确定,因为畜牧业在先秦时已兴旺,牲畜能适用于各种用途,特别是祭祀。诗的作者,当是对"牧人"及放牧者深为了解,并且熟谙牛羊生活的人士。从诗歌内容上看,先是赞扬"牧人"富有牛羊,描写牛羊的生活情态;再描述为其放牧者的生活与驯养技能;最后则以梦境方式勾勒"牧人"对来年养殖昌盛与子孙繁多的期望。本诗所写只不过是当时畜牧业兴旺发达的一个事例,通过它可以想见其盛况。

赏 析

首先,可欣赏的是"牧人"的形象。诗歌一开始就以诘问之语气,点画出他富有牛羊的非凡气势。自豪自夸,远非他人所能估量。等于现在富有家产的人说:"谁说我没有钱财?我的钱财,谁能估量?"我们只有从这样的角度去理解,方才能和下文托出他拥有之牛羊的繁多相一致,顺理成章。写牛羊是一个层面,下面写他拥有为其放牧者又是一个层面,最后写他对来年养殖和家境的期望则又是一个层面。全诗正是从各个不同的层面来全面塑造"牧人"的形象。

其次,可欣赏的是放牧者的形象。其隶属者的身份和地位,决定他的生活极其简朴,斗笠和蓑衣,自带干粮,已可见一斑。下文写他职守之繁重和其之勤劳。他的主要职务是放牧,然而还要打柴草,准备过冬的饲料。要分别牛羊的雌雄,以便于它们交配繁殖。要时刻警惕牛羊的走失和病疫的发生,等等。而诗文中再令人欣赏的是他熟练的驯养技能。你看,他只要手臂一挥,所有的牛羊都顺从地进入栅栏。诗人用笔简洁,却极为传神。

再次,是对牛羊情态的描写。你看,羊群聚集,其角簇拥在一起,用"濈濈"一词;牛双耳在反刍时摇动的样子是"湿湿",逼真地显现它们的情态,真是"状难写之景如在目前",为图画所难能。

最后,是描写"牧人"做梦。诗人以奇幻的梦境手法,表现他对来年养殖和家境的期望。梦见蝗虫变成了鱼,占梦者认为是预示来年养殖丰盛的吉兆;又梦见画有龟蛇图案的旗变成了画有鸟隼图案的旗,占梦者认为是象征人口少的郊县成为人口众多的州,这是预示子孙众多的吉兆。占梦者当然是凭空臆造,然而时人却无所疑惑,"牧人"自然更为之欣慰,诗人亦同样。我们今天可以从浪漫主义角度来欣赏,它能为诗歌增色添彩。

正　月

正月繁霜，我心忧伤①。民之讹言②，亦孔之将③。念我独兮④，忧心京京⑤。哀我小心⑥，癙忧以痒⑦。

父母生我，胡俾我瘉⑧？不自我先，不自我后。好言自口，莠言自口⑨。忧心愈愈⑩，是以有侮。

忧心惸惸⑪，念我无禄⑫。民之无辜，并其臣仆⑬。哀我人斯⑭，于何从禄⑮？瞻乌爰止⑯，于谁之屋？

瞻彼中林⑰，侯薪侯蒸⑱。民今方殆⑲，视天梦梦⑳。既克有定㉑，靡人弗胜㉒。有皇上帝㉓，伊谁云憎㉔？

谓山盖卑㉕，为冈为陵㉖。民之讹言，宁莫之惩㉗。召彼故老㉘，讯之占梦㉙。具曰予圣㉚，谁知乌之雌雄㉛？

谓天盖高，不敢不局㉜。谓地盖厚，不敢不蹐㉝。维号斯言㉞，有伦有脊㉟。哀今之人，胡为虺蜴㊱？

瞻彼阪田㊲，有菀其特㊳。天之扤我，如不我克㊴。彼求我则，如不我得㊵。执我仇仇㊶，亦不我力。

心之忧矣，如或结之㊷。今兹之正㊸，胡然厉矣㊹？燎之方扬㊺，宁或灭之㊻！赫赫宗周㊼，褒姒灭之㊽！

终其永怀㊾，又窘阴雨㊿。其车既载，乃弃尔辅○51。载输尔载○52，将伯助予○53！

208

无弃尔辅，员于尔辐[54]。屡顾尔仆[55]，不输尔载。终逾绝险，曾是不意[56]！

鱼在于沼，亦匪克乐[57]。潜虽伏矣，亦孔之炤[58]。忧心惨惨[59]，念国之为虐[60]！

彼有旨酒[61]，又有嘉殽。洽比其邻[62]，婚姻孔云[63]。念我独兮，忧心殷殷[64]。

佌佌彼有屋[65]，蔌蔌方有谷[66]。民今之无禄，天夭是椓[67]。哿矣富人[68]，哀此惸独[69]。

注　释

①正月：指周历之六月，即夏历之四月。繁霜：霜重。夏历四月，天降繁霜，是时令失常的现象，古人认为是灾祸将至的预兆，所以诗人为之忧伤。

②讹(é)言：谣言。

③孔：很。将：大。

④独：孤独。

⑤京京：非常忧愁的样子。

⑥小心：谨慎警惕。

⑦癙(shǔ)忧：忧愁。痒：病。

⑧胡：何。俾：使。瘉(yù)：病，此指痛苦。

⑨莠(yòu)言：坏话。

⑩愈愈：日益加深的样子。句谓忧伤之心日益加深。

⑪惸惸(qióng)：忧郁的样子。

⑫禄：福。

⑬并：连同。臣仆：男奴仆。

⑭斯：句末语助词。

⑮从禄：寻求福。

⑯乌：据古代神话，指一只赤色而像乌鸦的神鸟，喻武王将兴之兆。爰：何所。

⑰中林：林中。

⑱侯：语助词。薪、蒸：柴火，粗者称薪，细者称蒸。

⑲殆：危难。

⑳天：指古人想象中主宰万物的天神。梦梦：昏暗不明之状。句谓周王室之天命将倾。

㉑克：能。定：使危乱安定。

㉒靡：无。胜：胜任。

㉓皇：美好。上帝：指主宰万物的天神。

㉔伊：助词。云：语助词。

㉕盍：通"盍"，何。句谓山为何低矮。

㉖冈、陵：指山之高大。

㉗宁：竟。莫：不能。惩：惩罚。

㉘故老：年长而阅历多的人。

㉙占梦：使占卜之人依据梦中之事判断吉凶祸福。

㉚具：通"俱"，都。予：诗中所写之主人公自指。圣：具有最高智慧和道德的人。

㉛谁知乌之雌雄：句谓人们对自己无知，如无法知道乌鸦之雌雄一样。

㉜局：弯着腰。

㉝蹐(jí)：小步行走。

㉞维：仅。号：呼喊。

㉟伦：理。脊：或作"迹"，道。

㊱胡：何。为：被认为。蜴(yì)：四脚蛇。句谓为何其反被认为心若蛇蜴？出言可恶。

㊲阪(bǎn)：山坡上之田。

㊳菀(yù)：茂盛。

㊴如不我克：好像不能制约我。

㊵我得：得到我。

㊶仇仇(qiú)：傲慢的样子。

㊷结：打成疙瘩。

㊸正：通"政"。

㊹厉：恶，谓暴虐。

㊺扬：火势旺盛。

㊻宁：竟。或：有人。

㊼赫赫：显赫的样子。宗周：西周王都为镐京，周为诸侯所敬奉，故王都所在称宗周。

㊽褒姒：周幽王的宠妃。褒：国名。姒：姓。

㊾其：诗中主人公自指。永怀：久长的忧伤。

㊿窘：困。阴雨：喻遭遇多难。

㉛辅：车辆上两旁的夹板。

㉜载：则。输：坠落。载：所载之物。

㉝将：请。伯：年长者。以上四句比喻治国者弃其辅助者，遇到困难时才请富有经验的老臣帮助他。

㉞员：加固。

㉟仆：驾车者。

㊱曾：竟。是：这样。不意：不在意。此章喻治国者之懵懂。

㊲匪：非。

㊳炤(zhāo)：同"昭"，明显。以上四句极言居乱世之难，虽隐遁而未必幸免。

㊴惨惨：忧愁不安的情状。

㊵虐：暴虐之政。

㊶彼：指治国者。旨酒：美酒。

㊷洽：和洽。邻：亲近的人。

㊸婚姻：姻亲之间。孔：很。云：周旋往来。

㊹慇慇(yīn)：忧愁的样子。

㊺佌佌(cǐ)：卑微的人。

㊻蔌蔌(sù)：鄙陋的人。谷：五谷。

㊼天：摧残。椓(zhuó)：打击，加害。

⑱愒(gě)：快乐。
⑲惸(qióng)独：孤独无依的人，亦为主人公自指。

题　解

这是一首诗人发抒自身遭遇的忧愤诗。大概产生于西周已经灭亡而东周政权尚未巩固的时期。诗人是一位曾任显职而已被罢黜的人士，具有敏锐的观察力，又富于才识。他忧国忧民，感伤自身的不幸而决不屈服，故奋笔疾书，成此诗篇。全诗共十二章，层次井然而错落有致地发其复杂之情志，读来既使人同情，又使人敬佩和赞赏。

赏　析

首先，本诗在用典高雅和自创隐喻两方面，寓深意于浅显，耐人咀嚼。如"瞻乌爰止，于谁之屋？"这里就在用典。据钱锺书先生《管锥篇·正月》"乌为周室王业之象"一条云："按张穆《月斋文集》卷一《正月·瞻乌义》略云：二语深切著明，乌者，周家受命之祥；《春秋繁露·同类相动》篇引《尚书传》言，'周将兴之时，有大赤乌衔谷之种而集王屋之上者，武王喜，诸大夫皆喜'；凡此皆古文《泰誓》之言。"诗人用此典故，其用意在表示东周政权又将灭亡，不知天下会归于何家？他为此而十分忧惧，故发掘为难。又如"谓天盖高，不敢不局；谓地盖厚，不敢不蹐"。钱先生引《说苑·敬慎》和《孔子家语·好生》记孔子说"谓天盖高"四语云："此言上下畏罪，无所自容也。"高雅而贴切。在自创隐喻方面，如"鱼在于沼，亦匪克乐；潜虽伏矣，亦孔之炤。"鱼儿无论上游下潜，处境都危殆。钱先生说："诗极言居乱世之出处两难，虽隐遁而未必幸免。"如此等等，见诗人之识见与艺术水准均非同一般。

第二，对"天"有独特的观念，敢于对"天道"进行谴责。诗人认为凡世间的一切，诸如国之兴亡，君主及其作为，自己的命运，任用与罢黜，都是"天"在主宰，然而它不主持正义，昏暗懵懂。诗人以现实作为论断是非的依据，对其严厉谴责。如责天之"梦梦",即昏暗不明。这里的"天"不是指自然之天空,而是指天公。诗人分明是在骂天,钱锺书先生引曾异撰《纺授堂集》卷一《徐叔亨山居次韵诗序》谓《诗经》有"骂天"之语。

第三,主人公自身形象光明磊落。他横遭不幸,陷于茕茕孑立之境地,然而敢于与命运抗争,自强不息,这是一种闪光的品质。如说:"天之扤我,如不我克。"天在折磨"我",却好像不能战胜"我"。何等顽强!又说:"维号斯言,有伦有脊。"指"我"所言说,有道有理,无比自信。再如,将自己比喻为阪田之秀者,又何其自尊!

巷　伯

萋兮斐兮①，成是贝锦②。彼谮人者，亦已大甚③！

哆兮侈兮④，成是南箕⑤。彼谮人者，谁适与谋⑥？

缉缉翩翩⑦，谋欲谮人。慎尔言也，谓尔不信⑧。

捷捷幡幡⑨，谋欲谮言。岂不尔受⑩、既其女迁⑪。

骄人好好⑫，劳人草草⑬。苍天苍天，视彼骄人，矜此劳人⑭。

彼谮人者，谁适与谋？取彼谮人，投畀豺虎⑮。豺虎不食，投畀有北⑯。有北不受，投畀有昊⑰！

杨园之道⑱，猗于亩丘⑲。寺人孟子⑳，作为此诗。凡百君子㉑，敬而听之。

注　释

①萋兮斐兮：文采错杂的样子。
②贝锦：彩色花纹像贝壳样的丝织品。
③谮人：在别人面前说人坏话的人。
④哆(chǐ)：口张大的样子。
⑤南箕：箕宿之四星，因在南方故称南箕。四颗星中位于前面的两颗星之间的距离大，后面的两颗星之间的距离小，犹似畚箕，所以称为箕星。在此形容谗言者口张得老大的样子。
⑥谁适：与其交往。与：参与。

⑦缉缉:贴耳私语的样子。翩翩:形容花言巧语。

⑧谓尔不信:说你的话不可相信。

⑨捷捷:巧辩的样子。幡幡:反复无常。

⑩尔受:听信你的话。

⑪既其女迁:然后坏话将会转移到你自身。女:通"汝"。意思是欲害人者亦会自食其果。此为警告语气。

⑫骄人:骄傲得意的人。好好:高兴得意的样子。

⑬劳人:辛劳而失意的人。草草:忧愁的样子。

⑭矜:怜悯。

⑮投畀(bì):丢给。

⑯有北:极北寒冷之地。

⑰有昊(hào):昊天(皇天),亦即上天。句意是让上天去惩罚。

⑱杨园:园名。在王都之侧。

⑲猗(yǐ):通"倚",靠着。亩丘:田亩与山丘。句谓去杨园之道,或挨着山丘,或挨着田亩之侧。

⑳寺人:宫廷内的近侍。"寺",或作"侍"。孟子:孟为其"字"。古代男子在成人时,所取的与本名含义相关的别名,称为字。子:男子之通称,此为自称。

㉑百:众多。君子:此指臣子。

题 解

这是一首感愤诗。诗人本朝廷内侍官,因遭谗言陷害,被贬为掌管宫内之道的道官之长,故对谗人之罪恶行径进行揭露。作者即"寺人孟子",他对谗人之罪恶,忍无可忍,故写此诗,加以谴责,并敬告在朝之诸多官吏,对此种人必须警惕防备。诗名题作"巷伯",巷即宫内之道,伯即道官之长。此诗是诗人在往杨园之路上所吟作。全诗分七节,前六节是暴露与谴责谗人,最后一节则是交代自己的写作背景和动机,令人读来对他深表同情。

赏 析

第一,诗中隐含诗人对高层统治者的不满。造谣中伤者阴谋得逞,而诗人又不诉诸君主与朝政法制,只祈求上天公正处治。他为什么最后要忠告朝廷之众多官吏，必须提高警惕，不要重蹈覆辙？答案是君主昏聩，政法不明。

第二，诗人所信仰者唯天道。他认为世间的不平之事，只能仰仗苍天来解决。苍天会主持正义，惩恶而扬善。他呼喊着："苍天苍天，看看这些谗人的罪恶行径！"最后说："只能把肆意害人者交给上天去处治。"

第三，主人公自我形象或明或暗，透露出他有难言之隐。明者是，标明诗的作者是"寺人孟子"。暗者是，他惨遭宫刑。班固《汉书·司马迁传》云："呜呼！以迁之博物洽闻而不能以自全，既陷极刑，幽而发愤，书亦信矣。迹其所以自伤悼，《小雅·巷伯》之伦。"伦，谓同类型。班固所言是可信的，即"寺人孟子"曾遭受宫刑。遭受宫刑，是奇耻大辱。对此，为何在诗中未只言提及，并诉其冤屈？此中必有难言之隐。在诗中所涉及的被害者，仅谓"劳人"，即辛劳而失意之人。如此说，虽可勉强涵盖，但嫌浮泛而未触及要害。这是留给我们的疑问。

第四，对谗人的形象刻画得十分生动。他们穿梭般地驱走，交头接耳，喊喊喳喳，挑拨是非，这样的刻画使其嘴脸宛然在目。

第五，善于运用比喻、夸张手法。首章首句，即用文采错杂的花纹织成贝壳状的丝织品比喻谗人以花言巧语罗织对方的罪名；又如，以其张大畚箕般的大嘴巴喻谗人以口舌害人，这些用语都十分生动。

大　东

　　有饛簋飧①，有捄棘匕②。周道如砥③，其直如矢④。君子所履⑤，小人所视⑥。眷言顾之⑦，潸焉出涕⑧。

　　小东大东⑨，杼柚其空⑩。纠纠葛屦⑪，可以履霜⑫。佻佻公子⑬，行彼周行。既往既来，使我心疚⑭。

　　有冽氿泉，无浸获薪⑮。契契寤叹⑯，哀我惮人⑰。薪是获薪，尚可载也。哀我惮人，亦可息也。

　　东人之子，职劳不来⑱。西人之子，粲粲衣服⑲。舟人之子⑳，熊罴是裘㉑。私人之子㉒，百僚是试㉓。

　　或以其酒，不以其浆㉔。鞙鞙佩璲㉕，不以其长㉖。维天有汉㉗，监亦有光㉘。跂彼织女㉙，终日七襄㉚。

　　虽则七襄，不成报章㉛。睆彼牵牛㉜，不以服箱㉝。东有启明㉞，西有长庚㉟。有捄天毕㊱，载施之行。

　　维南有箕，不可以簸扬。维北有斗㊲，不可以挹酒浆㊳。维南有箕，载翕其舌㊴。维北有斗，西柄之揭㊵。

注　释

①饛(méng)：盛满的样子。簋(guǐ)：古代盛食物的器具，圆口，由青铜或陶制造。飧(sūn)：煮熟的食物。

②捄(qiú)：通"觩"，弯曲的样子。棘：

酸枣木做的匙勺。

③周道：大道。亦称"周行(háng)"。它是从西方镐京通往东方大小诸侯国的要道。砥：磨刀石。形容路平坦。

④矢：箭。

⑤君子：指周统治者。履：践行。

⑥小人：指东方大小诸侯国的平民。

⑦眷：回顾的样子。

⑧潸(shān)焉：泪水流淌的样子。因为东方国家的赋役物资都由此大道输送到镐京。它如吸血的管道，故被榨取者视之心酸。

⑨小东大东：指东方大小诸侯国。

⑩杼(zhú)柚：织机上的两个部件，缠纬线的梭子称杼，绕经线的滚筒称柚。句谓织机上的所有布帛都被搜刮一空。

⑪纠纠：绳索缠绕的样子。葛屦：葛布鞋。

⑫可：通"何"。

⑬佻佻(tiāo)：轻佻的样子。公子：指西方贵族的公子哥儿。

⑭我：诗人自称。心疚：内心痛苦。

⑮句谓已收获之柴火不要去浸湿它。用以比说对劳苦的人不要再摧残他们，得去慰抚，如今却得不到。

⑯契契：忧苦的样子。寤叹：不睡而叹息。

⑰惮人：劳顿痛苦之人。

⑱职劳：东方之平民担任劳苦差事。

不来：指西周之贵族不来加以慰抚。

⑲粲粲：华丽灿烂。

⑳舟：借作"周"。舟人：指周人。

㉑裘：借作"求"。句谓他们打猎行乐。

㉒私人：指贵族人家的弟子。

㉓百僚：众多官员。试：用。

㉔浆：薄酒。句谓西方贵族只喝美酒，不喝薄酒。

㉕鞙鞙(xuàn)：佩玉的样子。璲(suì)：玉佩。

㉖其长：指其才德杰出。西方贵族之才德，与其所佩挂之玉佩不能相当。

㉗汉：银河。

㉘监：照临。

㉙跂(qí)：通"歧"，分歧。织女星座共三星，鼎足而为三角。织女：星名。

㉚襄：移动位置。七襄：织女星见于旦晨，至黄昏而隐，共七个时辰，即更动七次。

㉛报：梭子往复。章：布帛上的纹理。句谓织不成布帛。

㉜睆(huǎn)：明亮的样子。牵牛：星名。

㉝服：驾。箱：车厢。

㉞启明：启明星，即金星。

㉟长庚：金星。

㊱天毕：天空的毕星共八颗，形状像有柄的用以猎兔的毕网。

㊲斗：北斗星。

㊳挹：用勺舀取。

㊴翕(xī)其舌：用舌吸取。

⑩揭:高举。句谓斗柄向西高举,是有取于东方。

题 解

这是一首东方诸侯国臣民怨刺西周统治者剥削统治的诗歌。其时代在西周时期,具体则难以实指。题名是从诗文中摘取一词。全诗共八章,前五章分别写在食、衣、劳役方面的剥削奴役,再写地位的悬殊;六七两章由现实社会而转换到星空景象的描写,说明"天"亦不能为小民解决困苦;八章进一步写所谓"天"乃是为周王朝服务,压榨东方小民的。诗的作者当是东方某诸侯国的士大夫,具体则不知。如此之题材与创作方法,在《诗经》中是很独特的,表明采编者具有现实主义风格。

赏 析

首先,值得欣赏的是诗人敢于把矛头直指西周统治者,暴露其罪孽。你看,它通过形象化的手段,从当时经济生活的几个主要方面,把周王朝残酷榨取东方诸侯国人民膏血的罪行,极为生动地揭示了出来,并进而揭示两者社会地位的悬殊。第一章是写食。写东方诸侯国人民耕种的果实被攫取:满簋满簋的食品,被舀勺舀去。这意味着劳动的成果被人吞食了。那么,吞食这丰盛食品的是什么人呢?笔锋一转,写到周道:它平坦笔直,正在由周人监视下源源不断地输送粮食。而东方诸侯国的人民看着这情景,不由得伤心落泪。仅此八句,就把西周统治者的贪婪和东方诸侯国的怨愤尽收笔底。第二章是写衣。即写东方诸侯国国人纺织之物被攫取,纺织机上空无所有,冬天时连一双葛布鞋也穿不上,而穿着考究的西周人堂而皇之地在周道上行走。痛苦难言!第四章是写奴役。东方诸侯国国人劳顿苦楚,而统治者不让他们有片刻休息。第五章是写社会地位的悬殊。东方诸侯国国人承受劳苦差事,统治者不加慰抚,而他们自己却穿着华丽的衣服,打猎行乐,其公子哥还可到朝廷做官。

其次,值得欣赏的是诗人借助丰富的联想,巧妙地把对现实社会的描写与奇妙的星空景象结合起来,以深化主题思想。夏传才先生说:"诗人怨织女织不成布帛,怨牵牛不能拉车运输,朝启明、夕长庚,有名无实,讥笑毕星在大路上张网,徒劳无功。整个运转的天体都不能为小民解决困苦。……如欧阳修《诗本义》所释:'箕斗非徒不可用而已,箕张其舌,反若有所噬;斗西其柄,反若有所挹取于东。'这样的'怨天',正是怨现实,揭露所谓'天'是为周王朝服务,压榨东方小民的。这个结尾更深化了主题。"并且,织女之"不成报章"正呼应上文的"杼柚其空";牵牛之"不以服箱"亦呼应上文的"有饛簋飧",上下连接十分自然,转换无迹。

最后,不得不说的是,周王朝在我国古代文明礼仪的建树上有着不可磨灭的贡献。我们必须兼顾相互依存的两个方面,不偏废才是切合现实的态度。

北　山

　　陟彼北山①，言采其杞②。偕偕士子③，朝夕从事。王事靡盬④，忧我父母⑤。

　　溥天之下⑥，莫非王土；率土之滨⑦，莫非王臣⑧。大夫不均⑨，我从事独贤⑩。

　　四牡彭彭⑪，王事傍傍⑫。嘉我未老⑬，鲜我方将⑭。旅力方刚⑮，经营四方⑯。

　　或燕燕居息⑰，或尽瘁事国⑱；或息偃在床⑲，或不已于行。

　　或不知叫号⑳，或惨惨劬劳㉑；或栖迟偃仰㉒，或王事鞅掌㉓。

　　或湛乐饮酒㉔，或惨惨畏咎㉕；或出入风议㉖，或靡事不为㉗。

注　释

①陟:登。北山:泛指北面的山。
②言:句首语助词。杞:枸杞。一种落叶灌木,果实亦叫枸杞,长圆形颗粒,熟时红色。
③偕偕:强壮的样子。士子:指在职的官吏。

④靡盬(gǔ):无止息。

⑤忧我父母:因为对父母不能关心照顾而担忧。

⑥溥(pǔ):广大。

⑦率:循着。土:土地之边沿。之:前往。滨:海边。

⑧王臣:君王时代官吏与百姓的通称。

⑨大夫:职官等级名。三代时分卿、大夫、士三等。句谓主管大夫分授职事不公平。

⑩贤:繁多。

⑪四牡:四匹雄马。彭彭:奔走不息的样子。

⑫傍傍:繁忙的样子。

⑬嘉:夸赞。

⑭鲜:认为。将:强壮。

⑮旅力:通"膂力",体力。刚:强。

⑯经营:规划治理。

⑰燕燕:通"宴宴",安逸的样子。

⑱尽瘁:用尽其力,以至于憔悴。

⑲息偃:仰卧休息。

⑳叫号:指世间人们嘈杂的声音。句谓其深居安逸。

㉑惨惨:忧愁的状况。劬(qú)劳:劳累。

㉒栖迟:游玩休息。偃仰:躺卧。

㉓鞅掌:繁忙。

㉔湛(dān)乐:享乐。

㉕畏咎:害怕犯错。

㉖出入:指进出朝廷。风议:放言。

㉗靡事:无事。

题 解

这是一首处于低下层的官吏写的哀怨诗。低下层的官吏含辛茹苦,而上层官吏则安逸享乐,反差悬殊。

赏 析

全诗都是从"士"的角度,以第一人称来抒发的。首先诉说其被职务困扰,无法供养父母,为此忧心忡忡。继而诉说其为王事操劳。最后探究造成此种现象的根源,揭示此乃大夫分授差事不公造成的,从而暴露了贵族们安逸享乐的腐朽生活。两者形成鲜明的对比。

其次,诗中第三章有转述大夫话意之言,赞"我"未衰老,认为"我"正强壮,富有体力,可以规划治理四方之事。大夫实在是存心不良,奸刁圆滑。诗人写这几句,无非要反映自己的反感心理。

最后,诗之后三章,接连十二句,每句都是以"或"字开头。据沐言非所编《诗经》该篇所引:"姚际恒在《诗经通论》中评论说:'或字作十二叠,甚奇;末句无收结,尤奇。'鲜明对比之后就戛然停止,读者的心中也已经有了自己的结论,这样的结局可以让读者慢慢体会,细细回味。"没有结束语,意在体现其忧结甚多,言之难尽,故有评论家叹为"妙笔"。

宾之初筵

宾之初筵[1]，左右秩秩[2]。笾豆有楚[3]，殽核维旅[4]。酒既和旨[5]，饮酒孔偕[6]。钟鼓既设[7]，举酬逸逸[8]。大侯既抗[9]，弓矢斯张[10]。射夫既同[11]，献尔发功[12]。发彼有的[13]，以祈尔爵[14]。

籥舞笙鼓[15]，乐既和奏。烝衎烈祖[16]，以洽百礼[17]。百礼既至，有壬有林[18]。锡尔纯嘏[19]，子孙其湛[20]。其湛曰乐，各奏尔能[21]。宾载手仇[22]，室人入又[23]。酌彼康爵[24]，以奏尔时[25]。

宾之初筵，温温其恭[26]。其未醉止[27]，威仪反反[28]。曰既醉止，威仪幡幡[29]。舍其坐迁[30]，屡舞仙仙[31]。其未醉止，威仪抑抑[32]。曰既醉止，威仪怭怭[33]。是曰既醉，不知其秩[34]。

宾既醉止，载号载呶[35]。乱我笾豆，屡舞僛僛[36]。是曰既醉，不知其邮[37]。侧弁之俄[38]，屡舞傞傞[39]。既醉而出，并受其福。醉而不出，是谓伐德[40]。饮酒孔嘉[41]，维其令仪[42]。

凡此饮酒，或醉或否。既立之监，或佐之史[43]。彼醉不臧[44]，不醉反耻。式勿从谓[45]，无俾大怠[46]。匪言勿言，匪由勿语[47]。由醉之言，俾出童羖[48]。三爵不识[49]，矧敢多又[50]。

注 释

①初筵:指宾客开始入席。

②左右:(宾客)或在左,或在右。秩秩:恭敬有次序的样子。

③笾豆:见《伐柯》注。楚:排列整齐的样子。

④殽:用鱼或肉做的精美的荤菜。核:指桃、梅等有核的果品。维:语助词。旅:陈设。

⑤和旨:醇和美味。

⑥孔偕:十分和谐。

⑦钟鼓:鸣钟击鼓。

⑧举酬(chóu):举杯劝酒。逸逸:往来有次序的样子。

⑨侯:箭靶。抗:竖起。

⑩张:绷紧弓弦。句谓绷紧弦搭上箭。

⑪同:协调。

⑫发功:发射之效果。

⑬的:箭靶。

⑭爵:古代酒器。句谓祈求你被罚酒之事。

⑮籥(yuè):竹制古乐器,称舞籥者,比笛长而六孔。笙:吹奏乐器名。用若干根装有簧的竹管和一根吹气管装在一个锅形的座子上制成。

⑯烝衎(zhēngkàn):进行娱乐活动。烈祖:有功的先祖。

⑰洽:合。百礼:众多的礼仪。

⑱有:通"又"。壬:盛大。林:繁多。句谓 礼仪又盛大又繁多。

⑲锡:赐。纯嘏(gǔ):大福。

⑳湛(dān):喜悦。

㉑奏:进献。能:才能。

㉒载:从事。手:取。仇:匹配。句谓宾客择取与其匹配者。

㉓室人:主人。又:通"侑",劝酒。

㉔康爵:大酒杯。

㉕时:中者,谓心中所尊者。

㉖温温:温柔和气的样子。

㉗止:语助词。

㉘反反:慎重和善的样子。

㉙幡幡(fān):轻率随意的样子。

㉚舍:舍弃。坐迁:迁移到别处。

㉛仙仙(xiān):舞步轻扬的样子。

㉜抑抑:指庄重。

㉝怭怭(bì):轻薄的样子。

㉞秩:常规。

㉟载:乃,则。号:呼喊。呶(náo):喧哗。

㊱僛僛(qī):醉舞时身子倾倒的样子。

㊲邮:通"尤",过错。

㊳侧弁:倾斜着皮帽。之:语助词。俄:歪斜。句谓失其德行。

㊴傞傞(suō):醉舞不止的样子。句谓失其仪容。

㊵伐德:败坏道德。

㊶嘉:好事。

㊷令仪:好的礼仪。

㊸佐:辅。史:负责记录言行的官员。

㊹不臧:不以为好。
㊺式:语助词。勿从谓:不要劝勉他使他再饮。
㊻大怠:过分轻慢。
㊼由:依从(醉者)。

㊽童羖(gǔ):指尚未长角的黑色的公羊。
㊾识:辨识。
㊿矧(shěn):何况。

题 解

这是一首反映周王朝贵族酗酒失态之丑状的诗歌。此诗当产生于西周已经灭亡,而平王东迁所建立的东周王朝初建之时。诗人即为参加宴饮的一位贵族。他不满于贵族们酗酒败德的行径,认为他们没有记取西周王朝因腐败造成灭亡的教训。必须醒悟,改邪归正,建立正规的饮酒礼仪。全诗共五章,前二章陈述先前正规的宴饮伴随射击、祭祀之礼仪。接着三、四章即描写如今贵族们设筵宴饮之情状,肆意妄为,不知廉耻,丑态百出。第五章写诗人提出必须重建规范的宴饮制度,有监督、引导和惩罚手段。

赏 析

首先,要体会到诗人撰写本诗,其用心在于提醒酗酒败德将造成国家衰亡。历史上有不少的经验教训。传说禹时,有作美酒而进献给禹者,禹饮而认为美味可口,但拒绝,说:"后世必有因酒而亡其国者。"殷纣王荒淫糜烂,在沙丘喜乐,造酒池肉林,作长夜之饮,自取灭亡。周公曾作《酒诰》,告诫人们只有在祭祀时,才饮酒;只有在将酒食进献给君主、老人与父母时,才可以喝醉吃饱,其目的在于杜绝酗酒之恶习。东周初建,元气尚未恢复,贵族们就如此放肆酗酒,胡作非为,危机显然,故必须重建正规的宴饮礼仪,以振兴国家。诗人身在其中而能觉悟,呼吁大家同心协力,痛改前非,振兴文明,这是十分可贵的精神。

其次,要欣赏古代的礼仪文化。宾客进入筵席,恭敬而有次序。举杯劝酒,往来亦有序。至射箭时,人们相互协调,祈求以酒赏罚(让不中者饮酒)。

再至祭祀时,鼓乐和奏,祭祖尽礼,仪式隆重盛大,以求赐福。而后,又与射箭时之伴侣按规则劝酒(中者饮酒),而主人亦前来祝贺劝饮。可见参加此次宴饮活动,人们在整个仪式进行中,体现了谦让和洽、彬彬有礼的风貌。诗人以据首二章的位置描写其事,说明对其事的美好回顾和称道,希望得以再现,并为后面二章所描写的酗酒败德之景象作铺垫和鲜明的对比。

最后,尤其要欣赏的是,对现今筵席上参与者从起初的循规蹈矩,到逐步酗酒失态,以致疯癫之情状的描写。最初,他们在自己的座位上坐不住了,于是移动座位;接着是离开,舞动双手;待烂醉之后,便打翻食盘,东倒西歪地跳着,帽子歪戴,已无法控制了,突出醉的程度在不断加深。诗人以酗酒者舞蹈的动作,及其造成的后果,刻画这群醉鬼的形象。诗人描写得如此细致生动,表现出优越的艺术才能。

绵

绵绵瓜瓞①，民之初生②，自土沮漆③。古公亶父④，陶复陶穴⑤，未有家室⑥。

古公亶父，来朝走马⑦。率西水浒⑧，至于岐下⑨。爰及姜女⑩，聿来胥宇⑪。

周原膴膴⑫，堇荼如饴⑬。爰始爰谋⑭，爰契我龟⑮。曰止曰时⑯，筑室于兹⑰。

乃慰乃止⑱，乃左乃右⑲，乃疆乃理⑳，乃宣乃亩㉑。自西徂东，周爰执事㉒。

乃召司空㉓，乃召司徒㉔，俾立室家㉕。其绳则直㉖，缩版以载㉗，作庙翼翼㉘。

捄之陾陾㉙，度之薨薨㉚，筑之登登㉛，削屡冯冯㉜。百堵皆兴㉝，鼖鼓弗胜㉞。

乃立皋门，皋门有伉㉟。乃立应门，应门将将㊱。乃立冢土㊲，戎丑攸行㊳。

肆不殄厥愠㊴，亦不陨厥问㊵。柞棫拔矣㊶，行道兑矣㊷。混夷駾矣㊸，维其喙矣㊹。

虞芮质厥成㊺，文王蹶厥生㊻。予曰有疏附㊼，予曰有先后㊽，予曰有奔奏㊾，予曰有御侮㊿。

注 释

①绵绵(mián):连绵不断的样子。瓞(dié):小瓜。

②民:指周人(周民族)。初生:最初建立。

③土:通"杜",水名。流经陕西麟游、武功二县。沮(jū):通"徂",往。漆:水名。由陕西彬州西北流入泾水。

④古公亶(dǎn)父:人名。古代周族的领袖。本诗即记述其创业之事迹。

⑤陶:挖掘。复:旁穿之洞穴。

⑥家室:房屋,宫室。

⑦来:至。走马:驱马疾驰。

⑧率:沿着。水浒:水边。

⑨岐下:岐山之下。岐山在今陕西岐山东北。

⑩爰:于是。及:与。姜女:姜氏之女。

⑪聿:句首语助词。胥宇:考察建筑宫室之地址。

⑫周:岐山之南之地名。周民族由此地而得名。原:平原。膴膴(wǔ):肥美的样子。

⑬堇(jǐn):植物名。可食,味苦。荼:苦菜。饴:用淀粉制成的糖浆。由此足见土质之肥美。

⑭始:谋划。与下"谋"字同义。

⑮契、龟:古人占卜,先在龟甲上刻一小孔,再用火烤之,从小孔处的裂纹来判断吉凶。契:用刀刻。

⑯曰:句首语助词。止:居住。时:通

"趾",止。

⑰兹:此。

⑱乃:于是。慰:安定。止:居住。

⑲乃左乃右:指分派民众,使其居住于左或居住于右。

⑳疆:划定疆界。理:整治土地。

㉑宣:疏通沟渠。亩:耕治田亩。

㉒周:致密。爰:于是。执事:从事工作。

㉓召:召唤。司空:掌管营建的官。

㉔司徒:掌管调配人力的官。

㉕俾:使。立:建造。

㉖其绳则直:先用绳墨正其地基的界线。

㉗缩版:使用绳索捆住筑版。载:通"栽",即竖立木桩。

㉘庙:宗庙。翼翼:严正的样子。

㉙捄(jū):用器具盛土。陾陾(réng):众多的样子。

㉚度:谓将土倒入夹板之中。薨薨:倒土的声音。

㉛登登:用力捣土夯实的声音。

㉜屡(lóu):通"偻",土墙上隆起之处。冯冯(píng):削土的声音。

㉝堵:土墙五版之高为堵。兴:筑起。

㉞鼛(gāo)鼓:大鼓。句谓击鼓本为助兴,现筑墙众声并作,则鼓声反不足以胜之。

㉟皋门:王都的城郭之门。有:通

"又"。仡:高大的样子。

㊱应门:王宫的正门。将将:庄严的样子。

㊲冢(zhǒng)土:祭土神的大社之坛。

㊳戎:西戎,西方的一个民族。戎丑:是对戎族的蔑称。攸:于是。行:离开。

㊴肆:于是。殄(tiǎn):断绝。厥:其。愠:怨愤。句指自亶父至文王期间。

㊵陨:放弃。问:聘问。

㊶柞(zuò):柞栎树。棫(yù):蔷薇科灌木,枝上生有刺。

㊷兑:通行无阻。

㊸混夷:西戎民族名。駾(tuì):逃窜。

㊹喙(huì):困顿。

㊺虞:古国名,故城在今山西平陆东北。芮(ruì):古国名,故城在今山西芮城西。成:和好。

㊻蹶(guì):感动。生:通"性",善良的本性。

㊼予:我们。为周人自称。疏附:使疏者亲附。

㊽先后:指辅佐之臣。

㊾奔奏:奔走。指奔波辛劳之臣。

㊿御侮:指抗击侵侮之臣。以上四句谓人们竞上向善成风。

绵

题　解

　　这是一首周民族的史诗,追述周王族十三世祖古公亶父自邠迁岐,定居渭河平原,振兴周族的历史。全诗以迁岐为中心,共九章,以"瓜瓞"起兴写亶父率族迁岐,建设周原,继写文王继业,使周王朝获得发展,成为文明强盛的邦国。

赏　析

　　本诗对古公亶父形象的塑造十分显著突出。亶父是一位有远见、有魄力的部落首领,在周民族的开创与发展上,是继后稷、公刘之后,获得巨大成就的奠基人物。亶父为什么要由邠而率族迁往岐呢?本诗没有明确交代,我们从《孟子·梁惠王下》中可以知道其背景。孟子说:"昔者大王居住邠地,狄人侵犯。奉送毛皮制成的裘衣与丝帛,仍然侵犯。奉送犬马,亦不行;奉送珠玉,照

229

样不行。于是召集长老相告说:'狄人所要的是我们的土地。君子不以养活我们的土地危害自己。我将离开这里。'"于是由邠南迁,在岐山之下定居。民众像赶集一样跟随。从中亦可以看出,他是一个有识见、有能耐、敢创业的首领,这与本诗所写的迁岐开创之事迹完全相衔接,对于理解本诗有帮助,故作为背景资料补充。

  本诗重点描写的是,亶公果敢而行,看中的岐山之下肥沃的大草原是其创业之基。你看,大规模的垦殖与营建场面:划定疆界,疏通沟渠,耕治田亩,环环紧扣地进行垦殖;再则,画墨线,捆夹板,铲土倒土,夯实削平,建起百道墙壁,营建居室。两者无不群氛昂扬,热火朝天。这里,对于劳动场景与气氛的描写非常突出。诗人运用修辞手法,以多个状声叠词,有声有色地把劳动氛围烘托出来,使人如闻其声,如睹其情。居室的营建是走向文明的一种标志,是一种质的飞跃。

  诗歌从亶父创业写到文王继承。文王治理效果显著,诗人对其充满赞美之情。本诗以一事例而显示其情:虞、芮两国对疆界划分多年争论不休,两国君主一到周地,就被谦让之风俗所感化。诗的结尾,连用以"予曰"开头的四句诗表明,周人自豪的激情奔泻而出。诗人以此特殊的句式,来表达对文王的歌颂。

生　民

厥初生民①，时维姜嫄②。生民如何？克禋克祀③，以弗无子④。履帝武敏歆⑤。攸介攸止⑥。载震载夙⑦，载生载育，时维后稷。

诞弥厥月⑧，先生如达⑨。不坼不副⑩，无菑无害⑪，以赫厥灵⑫。"上帝不宁⑬，不康禋祀⑭？"居然生子。

诞寘之隘巷⑮，牛羊腓字之⑯。诞寘之平林，会伐平林⑰。诞寘之寒冰，鸟覆翼之⑱。鸟乃去矣，后稷呱矣⑲。实覃实訏⑳，厥声载路㉑。

诞实匍匐㉒，克岐克嶷㉓，以就口食㉔。蓻之荏菽㉕，荏菽旆旆㉖。禾役穟穟㉗，麻麦幪幪㉘，瓜瓞唪唪㉙。

诞后稷之穑㉚，有相之道㉛。茀厥丰草㉜，种之黄茂㉝。实方实苞㉞，实种实褎㉟。实发实秀㊱，实坚实好㊲。实颖实栗㊳。即有邰家室㊴。

诞降嘉种㊵，维秬维秠㊶，维穈维芑㊷。恒之秬秠㊸，是获是亩㊹。恒之穈芑，是任是负㊺。以归肇祀㊻。

诞我祀如何？或舂或揄㊼，或簸或蹂㊽。释之叟叟㊾，烝之浮浮㊿。载谋载惟㊑。取萧祭脂㊒，取羝以軷㊓，载燔载烈㊔，以兴嗣岁㊕。

卬盛于豆㊶,于豆于登㊼。其香始升,上帝居歆㊽:"胡臭亶时㊾?"后稷肇祀,庶无罪悔㊿,以迄于今。

注　释

① 厥:其。句谓那个起初生出周民之人。

② 时:是。姜嫄(yuán):传说是周始祖后稷之母。

③ 克:能。禋(yīn)祀:为祭祀上帝(天神)的一种礼仪。

④ 弗:通"祓",祓除,古人为除灾去邪所举行的一种祭祀仪式。无子:不生育儿子。

⑤ 履:践踏。武敏:大拇指之足迹处。武:足迹。敏:通"拇",大拇指。歆:心有所感触而身体摇晃的情状。

⑥ 攸:语助词。介、止:谓有人扶持才能站住。

⑦ 载:乃。震:通"娠",怀孕。

⑧ 诞:句首语助词。弥厥月:她怀孕的月份满了。

⑨ 先生:头胎。达:像母羊生小羊羔那样滑顺。

⑩ 坼(chè)、副(pì):破裂。

⑪ 菑(zāi):同"灾"。

⑫ 赫:显示。灵:奇异。

⑬ 宁:安宁。此句与下句都是写姜嫄表示怀疑的心理。

⑭ 康:安乐。

⑮ 隘巷:狭小的巷子。

⑯ 腓(féi):庇护。字:爱抚。

⑰ 平林:平原上的树林。会:恰好。

⑱ 覆翼:用翅膀覆盖。

⑲ 呱(gū):婴儿的啼哭声。

⑳ 实:哭声。覃(tán):长。訏(xū):大。谓哭声长而大。

㉑ 载路:充满于道路。

㉒ 匍匐:伏地爬行。

㉓ 岐:假借作"跂",站立。嶷:指小儿有智慧。

㉔ 就:寻求。口食:食品。

㉕ 蓺(yì):同"艺",种植。荏(rěn)菽:大豆。

㉖ 旆旆(pèi):茂盛。

㉗ 禾:小米。役:当作"颖",穗子。穟穟(suì):下垂的样子。

㉘ 幪幪(méng):茂盛的样子。

㉙ 唪唪(běng):果实累累的样子。

㉚ 穑:种植庄稼。

㉛ 相:考察。道:法则。

㉜ 茀(fú):除去。丰草:生长茂盛之草。

㉝ 黄茂:指色泽金黄的谷物。

㉞方：谷物吐芽。

㉟种：禾苗长出。褎(yòu)：禾苗长高。

㊱发：生长枝叶。秀：吐穗。

㊲坚：谷粒坚硬。好：形色俱佳。

㊳颖：禾穗重而下垂的样子。栗：颗粒饱满。

㊴即：到。有邰(tái)：姜嫄的国名，在陕西武功西南。家室：成家定居。

㊵降：上天所降。嘉种：优良品种。

㊶维：语助词。秬(jù)：黑黍。秠(pī)：黍的一种，一个黍壳中含有两粒黍米。

㊷穈(mén)：红色粱。芑(qǐ)：白色粱。

㊸恒：通"亘"，遍。

㊹亩：以亩计其产量。

㊺任：用肩挑。负：背。

㊻肇：开始。祀：祭祀。

㊼揄(yóu)：舀取，从臼中取出舂好之米。

㊽簸：扬米去糠。蹂(róu)：通"揉"，用手来回地搓，使糠和米分开。

㊾释：淘米。叟叟：淘米的声音。

㊿烝(zhēng)：蒸。浮浮：热气上升的样子。

(51)惟：考虑。句谓共同计谋，使祭祀更加完美。

(52)萧：香蒿。祭脂：祭祀之脂。祭祀时，用香蒿垫底，其上安放牛肠脂和黍稷而烧之。

(53)羝(dī)：公羊。軷(bá)：通"拔"，即剥去其皮。

(54)燔(fán)：将肉放在火里烧。烈：将肉串起来架在火上烤。

(55)兴：兴盛。嗣岁：来年。谓使来年有好收成。

(56)卬(áng)：我。豆：木制盛熟食之祭器。

(57)登：瓦制祭器。

(58)居：语助词。歆：享受。

(59)胡：何。臭(xiù)：芳香的气味。句谓上帝问："是什么芳香的气息？"

(60)庶：幸。罪悔：有罪过后悔之事。

题　解

这是一首记述周民族产生、发展，建立农耕之基业的诗歌。写姜嫄生后稷，弃后稷而后稷不死，自己成长；之后，后稷天然会种植，且获丰收，于是他本能地觉悟到是上天的赐予，于是举行祭祀以报答。内容充满神奇色彩。诗亦描写了周族很早就有发达的农业生产，品种繁多，规模可观，且对作物的生长过程有细致的观察，这是对当时生活的真实反映。

赏 析

　　本诗最为突出的创作特色是,诗人以流传于民间的神话传说故事为素材,进行浓墨重彩的描写,体现出显著的浪漫主义的创作风格。所写的一件件、一桩桩,无不神异莫测。首先是姜嫄怀孕之神奇莫测:地面上的巨人脚印是怎么来的?为什么姜嫄会去踩它?踩了为什么好像触电似的,全身会不由自主地晃动起来?其次,姜嫄头胎生子,为什么会违反常例地特别顺畅?最后,姜嫄以为,这不明不白生下来的婴儿,必定是祸根,于是她一而再地将之弃于必死之地。但是,他又为什么会偏偏不死?这里暗示我们,自有一种神奇的力量在护卫着他。这之后,天上为什么会降下良种,而后稷又有种植的天性?他从哪里获得考察土地的方法,致使岁岁无不丰收?这些事例,都是无法用常识去解释的。集中到一点,无非是要说明:它们都是在体现上天的意志。其用意十分显然,是要在舆论上造成周族的祖先乃天之子的结论,如此而已。后代的开国君主,常会仿此,编造类似的神话,以为自己之"理所当然"地做君王制造舆论。

　　本诗还运用了心理描写的方法,为曲折离奇的故事添彩增色,使其更为生动。如姜嫄本为无子而举行祭祀,而匪夷所思地竟会怀孕,并且顺利产下,于是顾虑重重。此时,她就自问:"难道上帝将使我不得安宁吗?不安乐于我的祭祀吗?"这就似乎听到她的心声,真切自然,使其形象更感人。另外,诗人还在后稷祭祀上天,当芳香的气息上腾天空之时,依稀听到上帝在自语:"是什么芳香的气息?"其形象活灵活现,令人宛若闻其言。

颂

丰　年

丰年多黍多稌①，亦有高廪②，万亿及秭③。为酒为醴，烝畀祖妣④，以洽百礼⑤，降福孔皆⑥。

注　释

① 稌(tú)：稻。
② 亦：语助词。廪(lǐn)：粮仓。
③ 及：到达。秭(zǐ)：万万为亿，亿亿为秭。
④ 烝：进贡。畀(bì)：给予。
⑤ 以洽百礼：见《宾之初筵》注释。
⑥ 孔：很。皆：普遍。

题 解

"丰年"的意思是谷物成熟丰收。("年"的本义是五谷成熟。)本诗描写在谷物成熟、丰收之时,举行欢庆活动,并祭祀祖宗和天地神灵,表示感恩,祈求继续赐予,使往后生活愈加美好幸福。诗共七句,前三句是描写丰收,后四句是答谢先祖和上天的恩赐。简短意明,是颂体的一种格式。

赏 析

开头描写所收获之谷物中有大量的黍和稻,然后夸赞这丰盛的粮食需要用高高的仓廪来放置,最后夸赞粮食数量之多。前三句,用"多""高""及"之词,极力地形容渲染,似乎多得不能再多了。可见这三句十分精炼,容量之大。

下文转到对祖宗和神灵表示感恩,举行各种祭祀活动,并进一步祈求保佑,希望恩赐美好的福分。可见,此颂文虽然简短,而所含之内容却很丰富。

此诗之内容是写农耕。农耕是周民族的创业之本,周民族的发展强盛全有赖于此,故特别重视。祭祀祖宗和神灵,反映了他们的理念,认为作为后代,必然要尊重祖先,进行庙祭礼拜。而所谓"百礼",则是以众多的礼仪感谢上天和众多神灵的赐福。而此两者,都是祈求未来有更加美好的恩赐,以使民族日益强盛。